U0072142

我叫阿醜
藍紹庭◎著

作者序言

阿醜這個主角是以我高中時候的一位學長為範本寫成的。

學長的臉上有著非常大的胎記，整個面積超過半張臉。

記得讀書的時候，有一次母姊會，有位家長來到學校看到這位學長，還竊竊私語的說著：「這種一定是上輩子做了什麼事，這輩子才會長成這個樣子。」

我們讀的那所高中還是間頗有名氣的明星高中，同學們的素質都相當好，學長還是常常會被嘲笑。

結果幾年過去，學長發展的非常好，他考上好大學的國文系，也如願當上國文老師。

有一次碰到他，問他為什麼想當國文老師，他回答我說：「希望能在學校教小朋友，我知道老師的一句話會影響學生很多，我也是在學校被一位國文老師鼓勵後，才變得對自己的臉沒有那麼自卑的。」

看過阿醜的故事後，希望所有的讀者都能學會將心比心，不要對別人做「人身攻擊」，特別是臉就是在每個人的身上，對於他人相貌的批評是非常嚴重的「人身攻擊」，也讓我們彼此提醒，多用點心、多珍惜在我們身邊的人。

目次

01 失約的學長

莊明月是個剛升上國中的女同學，她就讀的國中有一種學長制，她高年級的學長在明月就讀這所國中時，要準備一份小禮物送她，於是學長傳了紙條給明月，跟她約了在學校門口的第二棵樹下碰面。

明月早早就來到這棵樹下，其實她不用準備禮物，只要收學長的禮物就可以，可是她還是準備了一份小小的禮物給學長，她一直拿在手上緊緊的握著，深怕會弄丟一樣。

明月在心裡不斷的預備著，碰到學長時要怎麼說話才不失禮。

「學長你好，我是你的直屬學妹莊明月。」明月這樣練習著，然後又自己搖了搖頭。

「這樣好像很樣板。」明月自己在心裡想著。

「嗨！學長，真高興見到你。」明月發出聲音又練習了一種比較俏皮的打招呼的形式。

「喔！好扯，感覺很沒水準。」明月自言自語著。

「那要怎麼辦才好呢？」明月靠在樹上想著。

「別人跟學長學姐見面，也會像我這樣緊張嗎？」明月自己問著自己，她不知道這個答案是如何。

明月摸著自己的左臉，她嘆了很大的一口氣……

原來明月的左臉有一塊黑色的胎記，而且胎記的面積不小，幾乎盤踞了明月的整個左臉，好像戴了一個黑色的面具在左臉。

也因為這個胎記，讓明月從小就不太敢跟人群接觸，會害怕別人投注異樣的眼光在她的臉上。

愈是這樣，明月的心裡也愈渴望友誼，總希望有人能夠不在意她的臉，跟她做個好朋友。

「學長應該知道我就是長得這樣，他還會準備一份禮物給我，真的是很謝謝他！我也要準備一份禮物給學長。」當明月收到學長的紙條時，明月的欣喜簡直無法用筆墨可以形容的，她馬上回家拿出家裡的針線，找了一些碎布，縫了很久，縫出一個鉛筆盒想要送給學長。

「希望學長喜歡我送給他的禮物！」明月在心裡這樣想著。

明月在縫這個鉛筆盒時，媽媽看到了還問她說：「這是要送給誰的啊？」明月解釋了一下學校的學長姐制度，她很開心的跟媽媽說，這是要送給跟自己的學號末三碼一樣的國三學長的鉛筆盒。

「媽媽希望妳交到非常真心的好朋友。」媽媽跟明月這樣子說。

「媽媽，我會的，我覺得我跟學長一定可以變成好朋友。」明月這麼跟媽媽說道。

「是啊！任何人看到妳這麼認真，一針一線的縫著這個鉛筆盒，全是手工做的，這種心意，收到禮物的人都會感動。」媽媽邊說邊摸摸明月的頭。

「會的，媽媽，一定會的。」明月對媽媽點點頭。

「媽媽發現妳升上國中之後變得比較開心！」媽媽對明月這麼說道。

「是啊！因為換一個新環境，感覺有一個新的開始！」

「媽媽以前就要妳出去多走走，不要老是悶在家裡，妳看，到新學校就是不一樣吧！」開朗的媽媽一直是支持明月的重要力量。

「還好有媽媽一直鼓勵我，要不然我都不知道自己會變成什麼樣的人。」明月非常感激的對媽媽這麼說。

「傻孩子！妳是我生的，我當然是老王賣瓜，自賣自誇囉！」媽媽講到這裡都笑了出來。

「我知道，我知道媽媽是永遠支持我的那個人！」明月邊跟媽媽說話，手上邊縫著要送給學長的鉛筆盒，內心有股暖流經過。

「希望這種溫暖能夠透過針線，傳達給我的直屬學長。」明月在心裡這麼想著。

到了和學長約好碰面的那天，明月早早就趁下課的空檔把功課都寫好了，就想說如果碰到學長可以多點時間好好聊聊。

明月和學長約在下課後碰面，明月那天心情好到快要變成天使一樣。

「明月，妳怎麼了？」有同學問起她來。

「沒有啦！沒事啦！」明月淺淺的笑說。

「妳今天看起來真的特別快樂，剛才打掃擦地的時候，還幫我那塊公共區域也擦了，妳真的真的很不一樣耶！」有位女同學這麼說。

「還幫我把走廊的花也澆了！」另外一位同學插嘴說道。

「早早就把功課寫完借我抄！」又有一位同學述說著明月今天做的「功德」。

「沒啦！沒啦！」明月只有一直這麼說道。

其實明月從小在所有的人際關係中，就是那個努力付出、做牛做馬的人。

「可能我在心裡覺得要努力才會得到別人的愛吧！」明月自己也明白這點，但是只要一進入人際關係，她就不由自主的一直做、一直做。

「雖然付出和收穫總是不成正比。」明月也曾經這麼喟嘆過。但是明月還是沒完沒了的歡喜做、甘願受。

今天明月的心情像隻跳躍的小鳥，這種付出更是無所不在了，但是明月並不想跟其他同學說自己要跟學長碰面的事情。

「等到碰過之後再聽聽同學們怎麼跟學長姐互動好了！」明月是這樣想的，想說等碰過面之後才有話題跟同學討論。

明月早早就到校門口的第二棵樹下，這當中還碰到放學回家的同學。

「明月，在等人喔？」有同學在校門口看到明月主動問她。

「沒有，要回家了。」明月就是這麼答道。

結果明月一直回答到所有的人幾乎都放學回家了，明月還傻傻的在校門口的樹下等著。

「學長怎麼還沒有來呢？」明月有點緊張的想著。

明月很想去學長的教室看看，但是又怕去的時候和學長錯過了，於是她就傻傻的站在學校門口。

「會不會發生意外了？」明月的心裡頭有著許多不好的念頭。

「同學，該回家去了，再不回去，我要關校門囉！」工友伯伯看到明月，這麼跟她說。

「可以再等一下嗎？」明月央求著工友伯伯。

「不行啦！每天關校門的時間都一樣，我不能晚關門，要不然學校可能會要我辭職喔！」工友伯伯認真的跟明月說著。

「那……好吧！我回家好了。」明月心不甘情不願的走出校門。但是她的眼睛不停的往校門內眺望。

她的心裡還存著一絲希望，想說學長可能會在最後一秒鐘出現……

結果直到工友伯伯把校門關上後，明月的學長都沒有出現。

「為什麼會這樣？」明月的心裡充滿了懷疑與不安。

02

自卑的明月

「學長應該只是忘記了而已！」走回家的路上，明月試著往好處想。踢著路邊的小碎石，明月恨不得明天快一點到來。把玩著昨晚好不容易縫完的鉛筆盒，一面練習著說：「學長，你好！我是明月！」隨即又自個兒傻笑了起來。

回家的路上有一個小攤子，是住在街角的黃伯伯開的，他是個和藹的老人家，平日總是笑咪咪的，對明月更是親切。

黃伯伯吆喝著紅豆冰，站了一個下午的她又渴又累，立刻被這帶著魔力的聲音吸引了過去。伸手掏了掏口袋，發現還有零錢，便往攤子走去。

「黃伯伯，我要一碗紅豆冰。」

「哎呀！明月，怎麼今天這麼晚啊！」黃伯伯看已經是快接近傍晚了，親切問道。

「沒有啦，」明月語帶羞澀的說：「今天其實是跟同號的學長有約，但後來沒有等到，所以就先回來囉。」說著，又語帶失望的掏著口袋。

「是哪個小伙子居然失約喔！黃伯伯替妳出氣去！」黃伯伯手搖著機器，冰塊便刷刷的落在碗中。

「不要啦！我想學長應該是忘記吧，或者是太忙了，或者是……」明月連忙替未曾謀面的學長辯護著。

「好、好、好，我們明月不計較就是了。」黃伯伯把冰放在櫃台。

「哦，好的。」明月掏著口袋裡的零錢，一個不小心，幾十塊錢叮叮噹噹從裙袋掉了出來。當她彎下身來撿的時候，看見了幾雙黝黑的皮鞋，朝著黃伯伯的店走了過來。

「老闆！三碗紅豆冰！」聲音渾厚有力，應是高年級的學生。

「好的！小伙子剛放學啊！」黃伯伯眼看這幾個年輕人，背著明月一樣的書包，應該是同一個學校的學生。

「沒有啦。在躲人啊！」

「躲人？為什麼。」黃伯伯好奇，明月撿錢的動作也放慢了。

「你這樣會不會很差勁啊！」另一個男生推了推說話的人。

「不會啊！看是誰都會這樣決定啊！」站在中間的男生答道。

「少來，有你這種學長不要也罷……」第三個男生說話了。

幾個男生打打鬧鬧，低下身撿零錢的明月壓根不敢抬頭。心裡只管撲通撲通的跳著，連他們的話都聽不清楚了。

「之前人家跟我說這個學妹很特別，我還跑去她教室看，她坐在靠窗的位置，綁著馬尾還挺可愛的啊！」難道是在說我嗎？明月心裡忐忑不安，手心冒汗，連零錢都撿不起來了。

「結果啊！我傳紙條去約她，這一約不得了……」男生故作神祕，故意頓了頓，旁邊幾個男生好奇的追問著。「我老遠就看到她的臉另外一面居然是黑色的！」

「真的嗎！」大伙一起哄可不得了。

黃伯伯這一聽也不得了，心想：「這不就是剛才明月提到的學長嗎！」

「我還以為她是非洲來的呢！雖然看起來挺可愛的，只怪我太衝動啦。還好我遠遠看到我就先落跑了，不然真是很難收拾啊！」這一說，明月低下身撿零錢的動作更緩慢了，重心不穩，跌坐了下來，也驚動到同來買紅豆冰的學長們。

「你說的是她？」其中一個一臉錯愕的看著明月。

千想萬想，完全不知該如何接話的學長，嘴角迸出了：「學妹好……」

「學長好……」明月趕忙撥著頭髮蓋著左臉，起身跑開。

「明月啊！妳的紅豆冰！」老闆探出頭，明月卻已消失了蹤影。

這時的明月心裡恨不得挖出一個地道，好讓她能鑽進去，永遠不要出來。

好不容易一顆渴望得到知心朋友的希望，被幾句話便摔得粉碎，此刻的心情，有誰能體會？

明月雖然跑著，但還是聽得到後面黃伯伯和學長們對話的聲音。

「你這個臭小子，這麼瞧不起人嗎？你有什麼了不起呢？」黃伯伯邊罵，好像還拿起什麼東西揮著。

只聽到明月的直屬學長說：「老闆，別拿鍋鏟打人，很痛耶！」

「你這個臭小子也知道痛嗎？說話這麼傷人，難道別人不會痛嗎？」黃伯伯打得很用力，罵得也大聲，他想要替明月出氣。

「老闆，我不敢了！不敢了！求求你別再打了啦！」學長哀求的聲音一直在空氣裡飄盪著。

而明月一邊跑著，跑到住家附近的公園裡，就孤零零的一個人縮在溜滑梯下，放聲大哭。

晚霞漸漸降臨，萬家燈火逐漸通明，明月起身整理一下衣服，拎起書包，步履蹣跚的走回家。

「回來了？」媽媽聽見開門的聲音，溫柔的從廚房探出頭來。

明月沒有答話，拎著書包默默地走回房間，沒有答話，闔上了門。這時，電話響了。

「莊太太！」電話的那一頭是個老伯伯的聲音。

「我是，我是……怎麼了？哦！是紅豆冰的黃伯伯！是是是……什麼，好……我晚一點過去跟您拿，真不好意思……」原來是明月剛剛走得太匆忙，連冰也沒買，錢放在桌上就走了，好心的黃伯伯打電話來，請莊媽媽有空把錢拿回交給明月。

剛才還沒會意過來的媽媽，接到賣紅豆冰的黃伯伯的這通電話後，便明瞭了下午發生什麼事了。

「謝謝黃老闆這麼照顧我們家的明月。」媽媽對著電話筒這麼說著。

黃伯伯的大嗓門透過電話還是可以很清楚的聽到他說：「沒有、沒有，明月這麼乖，我們這些老鄰居當然疼她了！」

「謝謝……」媽媽不斷的說著謝謝。

這已經不是頭一遭了，從小到大，懂事的女兒總是默默承受這一切，女兒心裡的苦，做母親的又怎麼可能看不出來？想著想著，明月的媽媽生性再開朗，在這樣的時刻，往往還是眼角濕了，心也痛了。

媽媽嘆了一口氣，擦了擦眼角，轉身回到廚房繼續做菜。

媽媽這時候只希望明月待會看到滿桌都是最愛的菜時心裡會開心一點。

而在房間裡……

明月在門縫看著這一切，心裡好自責。

她自責不應該不答話，她自責自己無法控制自己的情緒，她更自責自己愚蠢的縫了一個鉛筆盒給一個等不到的人。

她很想哭，但始終無法哭出聲音，因為害怕這聲音讓母親聽到了，又會讓媽媽掛念的。

她把頭埋在棉被裡，手中緊握著鉛筆盒，還有已經往生的阿嬤送的念珠，悄悄的嗚咽著。

回想起自從懂事以來，無論是街坊、鄰居，甚至連學校同學，一開始見到她都躲得遠遠的。

不想成為別人負擔的明月，慢慢的與人群漸行漸遠。

記得好多年前有一次，搬來新鄰居，他們家裡有一個同年的男孩，聽媽媽說他叫小陽。想認識新鄰居的明月，跑到小陽家按電鈴。

「請問小陽在嗎？」對著對講機，明月開心的問。

「我是啊，請問你是誰。」小陽對答。

「我是住在隔壁的，我叫明月！你可以叫我阿月。」

「阿月，什麼事啊！」小陽感覺正在吃東西

「沒事！我只是想認識新鄰居！」

「喔，好！你等我！」掛掉了話筒，感覺到房子裡咚咚咚的，應該是小陽跳著樓梯吧，隨即打開了門。

只見小陽與明月雙眼直視，小陽先是一愣，接著便尖叫了起來。

「鬼啊！」手中的洋芋片撒落一地，並以迅雷不及掩耳的速度把門「砰」的一聲關上。「妳走！妳走！嚇死我了！」小陽在門內大喊著。

這件事流傳速度飛快，街坊原本不注意的，也都特別的注意了起來。

「阿醜！阿醜！」自從那次開始，小陽總是這樣叫她。

「你不要再叫我阿醜了！討厭！」有一天明月忍不住回嘴。

「明明是你先做錯事的！」

「我哪有！」

「你有！不然怎麼會臉上黑黑的！」

「我……」無法解答的問題，一時答不上來。

「媽媽說，上輩子做壞事的人，臉上才會這樣，不然你看為什麼大家都沒有，只有你有！」小陽說得理直氣壯。

「我不是！我不是！我不是！」明月紅了眼眶，追上去推了小陽一把。

「你就是阿醜……阿醜好可怕啊！有鬼啊！阿醜打人了……」小陽一邊大聲嚷嚷，一邊又往大馬路逃之夭夭。童言無忌，卻一刀插進了明月的心裡。

鄰居的目光更是明月的致命傷。

「她一定是上一輩子做了什麼壞事，不然長成這樣也太可怕了。」

「就是說啊，我家的小陽也說她很兇，很容易發脾氣……」

「哎呀，總之就是跟孩子說少跟她來往，不然真不知道會不會傳染……」

也因此，從幼稚園開始，她便學會了用手掩住左邊的臉龐，學會了用頭髮、用半蹲來避開鄰居的目光，學會在教室裡、在車上坐在靠窗的位置，把胎記留給了天空，把白皙的一面顯露出來。

想當然爾，也學會了寂寞。

「大家……好……我是莊……明月……」小聲的自我介紹完，便一溜煙的跑回自己的位子，這便是明月一直以來帶給別人的印象。

明月想到這裡，房門外面傳來了腳步聲……

「明月，吃飯了！」媽媽推開房門，看著用棉被蓋著自己的明月，呼喚著。

「吃飯囉。」坐在床沿，輕輕掀開了棉被。

明月看起來像是睡著了，也許是哭累了吧，小小的身軀縮在一起，一手拿者念珠，一手是鉛筆盒。

明月的眼角還有淚痕，媽媽心痛的用手心撫摸著明月的臉。

「明月，起來吃晚餐囉。」

「嗯。」揉了揉眼，明月惺忪的坐了起來。

「今天還好嗎？」媽媽摸著明月的頭，輕輕的問。

明月好不容易收起來的淚水，再一次撲倒在媽媽的懷裡，抽著身子又痛哭了起來。

「為什麼我會長成這樣……為什麼……」明月噙著眼淚，抬頭看著媽媽。

「妳沒有錯……妳沒有……」媽媽回答道。

「大家都說我做了壞事，才會這樣的……但我明明沒有……」她語帶哽咽，哭紅的眼又把淚痕流得更深。

「沒有做壞事，為什麼我會長成這樣？大家都不喜歡我？」從小開始的疑問，在心思愈來成熟的少女心裡，長出無數的疑問。

「阿嬤還把她的念珠給我。」明月舉起了手中的菩提子念珠說著：「阿嬤要我多懺悔，說我上輩子一定是得罪了什麼人……也說或者是做了很多壞事……」

「我每天念珠轉啊轉，但為什麼我的臉都好不起來？」哭聲在夜裡清澈透亮，穿透了牆，也穿透了母親的心。平常很會安慰、鼓勵明月的媽媽，被明月猛然而來……這麼多的疑問問到不知該如何回答。

哭了好一陣子，桌上的菜都涼了。

媽媽仍是用關愛的眼神，看著心中最寶貝，也最漂亮的女兒說：「寶貝，先去洗澡吧！媽媽把菜熱一熱，快點出來哦。」

浴室裡，明月望著鏡裡的自己。

熱水從蓮蓬頭灌下，明月揉著肥皂，使勁的擦著左臉的胎記。

「我恨你！我恨你！」她看著鏡中的自己，鏡中的她雙臉通紅，左臉也被布刷得有點破皮。

帶著黑色面具的她，對著鏡中的自己呵氣。霧氣迅速占去了半幅浴鏡，蓋去她黑色的左臉。

鏡中的她伸手擦了擦鏡子，露出了右臉。右邊那吹彈可破的臉蛋，也在這一刻笑了。「其實我是漂亮的……」她深呼吸，告訴著自己。而在霧氣退散之前，她便轉過身，為了保留在腦海裡自己漂亮的另一面。

明月用接近肉色的毛巾擋著自己的胎記，試圖想想自己的臉是好好的，跟一般人一樣的臉。

「唉！如果真是這樣就好了。」這樣的夢，明月從小不知道已經做了多少遍！她總是希望哪天突然照鏡子，臉上那半邊的胎記突然消失了。

不過……

這樣的夢想從來沒有實現過。

「明月，科技這麼進步，媽媽相信一定有辦法把妳的臉醫好，要花再多的錢媽媽也願意。」明月的媽媽老是跟明月這麼說。

不過科技也從來沒有這麼進步過，甚至明月有一次還偷偷把媽媽的化妝品拿來偷畫，試圖用粉底把她臉上的胎記蓋住。

「再用多一點試試看……」明月一層層的像塗油漆一樣的把粉底塗在臉上，卻怎麼塗都還是看得到黑黑的胎記。

「這個化妝品怎麼那麼爛？」明月氣到把粉底丟在地上。

看著鏡子裡的自己，無論是有塗粉底、還是沒有塗粉底的臉，明月都覺得自己實在是很冤，要每天面對這張臉。

03

不能去的喜宴

過了幾天，明月的堂哥莊天開因為要結婚，打了通電話說，今晚要到明月家送喜餅與帖子。

這個堂哥從小就很疼明月，明月也滿心歡喜的想要去堂哥的婚禮，好好的祝福堂哥。

小時候，明月受鄰居孩子欺負時，只要讓堂哥聽到一丁點風聲，那群不知好歹的傢伙皮就得繃緊了，因為這位堂哥絕對不會放過任何一個人。

堂哥老覺得這個小堂妹實在是太沉靜了一點，要是她學會打回去、罵回去，同年齡的孩子還有誰敢欺負她？然而每次教她如何站穩腳步，如何握拳，明月老是一會兒就放棄，覺得以暴制暴不是件好事。堂哥也只好做永遠的騎士，在明月受到委屈時替她討回公道。

所以，明月小時候一度想嫁給堂哥做新娘子，這就一點也不奇怪了。畢竟不嫌棄她的人可真難得，更甭說為她出頭了。但是明月後來想想，堂哥長得又高又帥，個性又這麼好，配自己實在太可惜了，應該娶個跟明星一樣漂亮的姊姊才對吧。所以她也很認份的當乖妹妹，有好吃的會分給哥哥一份，並在心底幻想將來堂哥娶了堂嫂，兩人會多麼登對，而且還會一同當她的好朋友……

這天吃完晚飯後，媽媽叫明月跟弟弟把客廳的玩具收拾乾淨，因為二伯、二伯母陪著堂哥和準堂嫂來送帖子。爸爸、媽媽事先叫明月與弟弟在房裡乖乖待著，因為這是大人的事情，不能有小頑童在一旁吵鬧。兩個小蘿蔔頭怎麼肯安份呢？當然是明月在上，弟弟在下，兩人偷偷從門縫往客廳裡瞧，想看清楚準新娘生個甚麼樣子？明月想著，肯定很美吧！

哇！只見一個嫻靜的大姊姊，穿著簡便的連身裙，含蓄的坐在明月家的沙發上，堂哥坐在旁邊，伸手握住她的手，像是給她力量。明月覺得這個姊姊配堂哥真是太棒了！而且，她看起來也是個好人，一定不會討厭自己吧？明月知道很多同學都當過親友的花童，雖然她也很想穿上白色蕾絲紗裙，拿著小花籃灑玫瑰花瓣，或在後頭提新娘長長的裙擺，但明月明白自己是不可能擔任那種角色的，那些打扮美雖美，可是穿的人醜得嚇人，也不好吧？不過能去婚禮會場看打扮得很帥的堂哥和很美的堂嫂也是一大樂事呢……

此時，二伯母開口，笑盈盈的跟爸爸、媽媽說：「是這樣的，如果那天方便的話……可不可以請明月的弟弟到新人床『壓床』呢？」。

由於民間習俗，習慣找兩個活潑健康的小男孩，陪新郎在新房的婚床上睡一夜，二伯家就屬意其中一位小男孩是明月的弟弟。

「這當然好囉！是喜事，我們家的弟弟能夠去，我們當然很高興！」明月的媽媽跟二伯、二伯母點頭稱是。

「而且天開從小很疼我們家明月，他的婚禮我們一定全家去歡喜、歡喜。」明月的爸爸也開心的說道。

這時候，就看見二伯一家人面面相覷，面有難色的模樣，眾人「呃……」了半天，誰也不敢說出口來……

「怎麼了嗎？」明月的媽媽不明白的問道。

「是這樣的……」二伯真的滿臉難以啟齒的困窘。

「二哥，有什麼事就儘管說，我們兄弟之間還有什麼不能說的嗎？」明月的爸爸催促著自己的哥哥有話快說。

明月的媽媽在一旁幫腔：「別叫我們不包紅包噢，這種喜事我們肯定會包份厚禮的！」

「哈哈哈，弟妹，那真是謝謝了。是這樣的啦！這……這實在不是我們家的意思，是……是我們親家的意思，他們有看過明月，親家母是希望結婚那天，明月不要去婚禮，可以嗎？」二伯平常的嗓門還滿大的，說起這件事倒有點囁嚅起來。

「我們家明月有礙著她什麼嗎？」明月的爸爸一聽，聲音顯然大聲了起來。

「叔叔，不是這樣的，我丈母娘的意思是，婚禮之前會先去試吃酒席的菜色，想說那天邀明月去，大家親戚見個面就好，婚禮當天總是比較不要，呃……」天開連忙也跟著解釋了起來。

「真是莫名其妙，我還在說天開你很疼我們家明月，馬上就嫌起我們來，真是的！」爸爸有點不高興的訓起天開。

在房間的明月聽到這裡，眉頭也皺了起來。

她以為天底下除了自家人以外，至少還有堂哥是站在她這邊的，總會為她出頭。沒想到，堂哥竟然也同意堂嫂家人的想法，覺得明月要是出席婚禮，就像是給他們難堪一樣……至少，他並沒有像以前一樣，再次為了明月出頭，希望他這個小堂妹也能去沾沾喜氣。

「不是不是，叔叔您誤會了，我當然很希望明月能來參加婚禮，畢竟這也是我一生中唯一一次；但實在是我太太家那邊的人要求比較多，有點覺得……就是……可能不太恰當。」堂哥越講越小聲，臉上也掛了幾分慚色。

爸爸掩不住怒氣了，他問：「天開你倒是說說，甚麼叫做不恰當？一個男孩子，老婆都還沒娶進門，就唯老婆命是從，連平時很疼的小堂妹都不准去參加婚禮……還是你當初的照顧是虛情假意呢？」

爸爸停了一會兒，轉頭正對著自己的哥哥繼續說：「我們家小弟長得細皮嫩肉，生肖又好，所以你們要他去壓床，這我很樂見。但憑甚麼我們家明月連婚禮會場都踏不進去，你們倒是說出個道理來啊！」

明月低頭看看一臉天真無邪的弟弟，也難怪，這麼可愛的孩子，細皮嫩肉，理所當然可以去當壓床的；而她，一張臉人不像人，鬼不像鬼，不管是誰都不希望一場喜事出現妖怪吧。

「唉，這……叔叔，真的很對不起……」天開也只能嘆氣。

「老公啊！」明月的媽媽拉拉自己的先生，要他少說幾句。

然後客廳裡一片寂靜，場面尷尬到了極點。弟弟完全聽不懂，只知道外面突然變得很安靜，他感到無趣就躲回房裡玩積木了。明月不想再多聽什麼傷心的話，也坐到地板上陪弟弟玩。

「那天我帶明月出去逛逛街好了，既然人家丈母娘都這麼說了，我們當然就照辦。」明月的媽媽開口打破僵局，邊說邊看著自己的先生，希望得到認同。

沒想到明月的爸爸一臉冷峻，看著客廳一角，完全不理眾人。

「弟妹，真是太謝謝妳了啊！謝謝妳啊！那天請務必光臨。」二伯、二伯母連聲齊說，然後假意趕去辦事，帶著天開和快要過門的媳婦趕緊離開這個有點冷的場面。

「妳這是做什麼呢？」等到客人都走光了，明月的爸爸轉頭大聲的責難起明月的媽媽。

「人家都說得那麼白了，我們何必要去讓人家難堪呢？」媽媽也解釋起自己的做法。

爸爸愈來愈生氣，大吼：「甚麼難堪，我們家明月哪一點會教人難堪？難道就為了那張臉？」爸爸氣到指著媽媽罵：「妳到底是不是明月的媽媽啊？哪有媽媽不替自己女兒說話的？」

「你這樣講要有點良心啊！我怎麼可能不疼我自己的女兒呢？」說到這裡，明月的媽媽開始啜泣了起來。

爸爸看了心軟，態度稍緩，嘆了一口氣說：「那妳怎麼不為自己的女兒出口氣呢？」

就在這個時候，傳來房門打開的聲音。

「爸爸，媽媽，你們不要再為我吵架了，沒有關係的，天開堂哥的婚禮我不去就是了，那天我在家裡看書也很好啊！喜宴上的菜色口味太重了，我也不是那麼喜歡呢。」明月對著客廳裡吵得不可開交的大人說，她不希望連自家人都反目。

「明月，妳不生氣嗎？堂哥以前對妳這麼好，怎麼幾年不見，就變成這副德性。真是，肯定是那女孩不是甚麼好東西，才短短的時間就讓天開這麼一個好孩子成了嫌東嫌西的壞胚子。」爸爸話愈講愈重，到最後都有些咬牙切齒的樣子了。

明月為了逃避這個場面有點冷的客廳，只是一再重複的說：「那天我不去就是了。」說完轉身跑回房間鎖上門。

當她只剩一個人在房間裡的時候，明月將自己層層裹在棉被裡面，雖然這是個大熱天，棉被捲又黑又熱，彷彿要將裡頭的人像起司般融化，但明月就是想藉由這種窒息的感覺，逃離被堂哥討厭的記憶。

「扣扣」敲門聲讓有點暈眩的明月突然回到現實。

「明月，開門，我是媽媽！」門外傳來這樣的聲音。

明月乖乖的打開門鎖，坐到床上，不知道媽媽想對她說什麼。

媽媽走進房間，左看看，右看看，最後走到玩具箱前，拎起一個芭比娃娃和一隻有點髒汙的兔寶寶。

「媽媽，為什麼要拿我的玩具呢？」明月不解的問。

媽媽坐到明月的書桌前，將兩樣玩具擺在桌上對明月說：「我記得，妳比較喜歡兔寶寶吧？」明月點點頭。

的確，從小到現在她最喜歡那隻阿嬤送的兔寶寶，喜歡它毛茸茸的觸感，也喜歡它軟綿綿的身軀；據說在嬰兒時期，明月老是抓著那只玩偶不放，不論上頭沾了多少口水或髒汙，只要媽媽想把它拿去洗，明月就會哭個半天，直到媽媽快速把玩偶洗完烘乾送回她手中，這才破涕為笑。

媽媽問：「妳喜不喜歡芭比娃娃呢？」

明月偏頭想了想說：「還滿喜歡的，不過每次都要幫它搭配衣服和鞋子好累噢！」

媽媽笑了笑，說：「好，看來妳比較喜歡這隻兔寶寶。那妳覺得今天把這兩只玩偶拿去賣，芭比娃娃還是兔寶寶比較有人會買呢？」

「芭比娃娃吧，雖然我很喜歡兔寶寶，但它看起來髒髒的，其他人應該不想要。」明月老實說。

媽媽點點頭：「所以囉，對爸爸媽媽來說，明月就像是我們家的兔寶寶，摸起來很舒服。」說著伸手摸摸明月柔細的頭髮。

明月偎在媽媽旁邊，默默聽著。

「可是呀，大部分的人都喜歡芭比娃娃，就像是今天妳聽到堂哥說的。」媽媽

小心翼翼的觀察明月的表情，就怕講錯話，讓一個國中的少女從此對世界及善良人性絕望。

明月突然問道：「可是，媽媽，妳不覺得這樣兔寶寶很可憐嗎？」

「為什麼這樣問呢？」媽媽說。

「搞不好兔寶寶也想當芭比娃娃，讓很多人喜歡啊！為什麼它就只能當髒髒的兔寶寶。」明月說完，媽媽完全感受到這個孩子纖細的內心，竟然在這個年紀就能想到這些……也難怪，因為臉上的斑痕讓她受了不少苦呀。

媽媽想了想，說：「兔寶寶沒有辦法改變的事情有很多，例如它天生就是個兔寶寶，以及這個世界很多人第一眼只喜歡芭比娃娃。兔寶寶一定常常碰到很難過的時候，那妳就要告訴它，後面還有妳、爸爸和媽媽都很支持它噢！」

明月點點頭，好像有點釋懷了。

「妳知道伊索寓言嗎？」媽媽問道。「嗯，爸爸有講過烏鴉將石塊丟到瓶子裡喝水的故事。」明月記憶力很好。

媽媽問：「那妳知道另一隻想變成天鵝的烏鴉嗎？」明月搖搖頭。

「那是一隻覺得天鵝的羽毛很白很漂亮的烏鴉，牠認為天鵝一定是常常洗羽毛才會那麼白，所以就飛到河邊，不停的洗刷自己的羽毛。結果……」媽媽停下來，看著明月。

「烏鴉怎麼可能把自己洗白呢？」明月笑著說。

媽媽點點頭：「對，牠因為一直洗澡，連該吃飯的時候都不吃，就感冒生了重病。這個故事告訴我們甚麼呢？」

明月故意說：「告訴我們要按時吃飯！」

「妳真是的！」媽媽笑著說，「這告訴我們，應該要『愛自己』。」

明月看著媽媽，報以微笑。

過了幾個禮拜，堂哥結婚的日子要到了。爸爸抱著姑且一試的心態打電話問二伯父，到底他們歡不歡迎明月參加堂哥的婚禮。

「欸，弟弟啊，那天真的是很不好意思，我這樣對自己人實在太差勁了。歡迎，當然歡迎！」二伯父此時居然改口了。

爸爸心平氣和對二伯父說：「那我會問問明月的意思，不過我們其他人都會到

的。」

明月聽到爸爸為她再問了一次，有點訝異二伯父居然願意讓她去，但是一想到堂哥當初如何向爸爸解釋「不恰當」，明月心裡還是有些難過。

「爸爸，我已經決定那天要去圖書館找書來看呢！就幫我跟堂哥說恭喜吧。」明月笑著說。

爸爸何嘗不知道是明月不想造成二伯父一家的困擾，但是至少他轉達了二伯父的歡迎之意，應該也是一種對明月的道歉吧。

堂哥的喜宴當天，弟弟被打扮得跟小王子一樣，媽媽在他脖子上繫了一朵大紅色蝴蝶結，但他顯然很不喜歡被勒住的感覺，一直伸手想扯掉。

「不可以喔！」明月握住弟弟的手說，「今天要去看哥哥結婚，要有戴蝴蝶結才能去喔。」

弟弟似懂非懂的看著她，乖乖的把手放下，讓媽媽繼續在他身上夾上吊帶。

出門前，爸爸再一次問明月：「妳真的不想去吃堂哥的喜酒嗎？」

「我比較想看書啦！」明月對爸爸說。

「那……去圖書館的路上要小心喔！」爸爸、媽媽就帶著弟弟出門了。

在前往圖書館的路上，明月覺得自己的選擇是對的。堂哥應該不是真的討厭自己吧，只是堂嫂的家人這樣要求，這也是沒辦法的。

04

圖書館

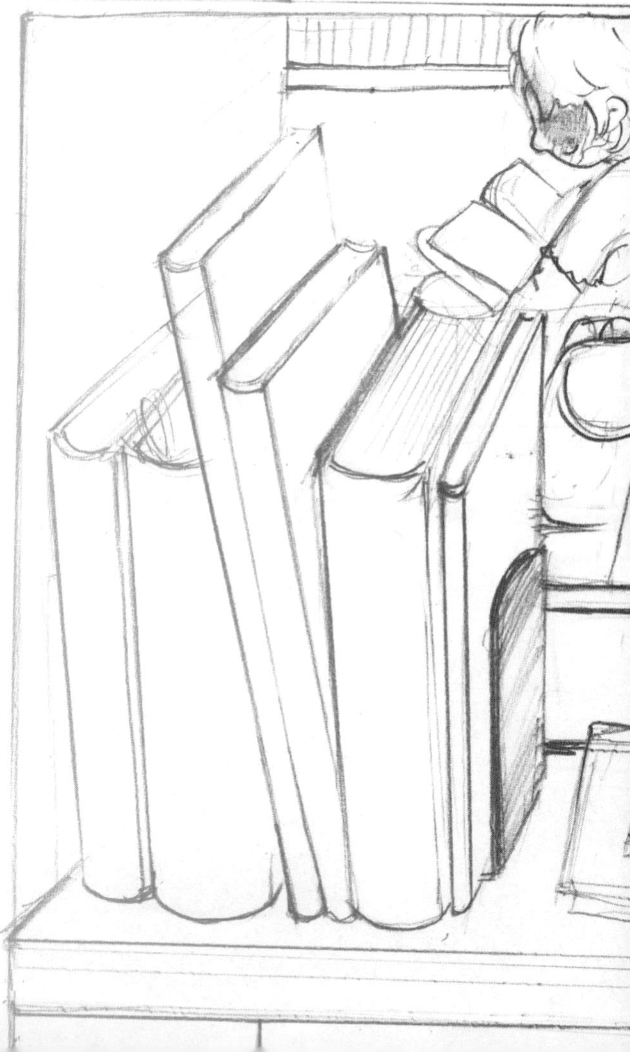

明月在班上每每被欺負，走在路上又得面對迎面而來陌生人的異樣眼光，她不停的迴避、閃躲人們無情的譏諷，逐漸凝重的空氣使明月幾乎快要昏厥。

對明月來說，圖書館是唯一一處能讓她擺脫沉重的枷鎖，放鬆心情的地方。

「今天要借什麼書來看好咧？昨天已經讀完莎士比亞的《羅密歐與茱麗葉》了。」

就在明月期待著等一下在圖書館的邂逅時，公車從遠方漸漸駛近，卻又在她的面前呼嘯而過。

「啊！公車怎麼不停站就這樣開走了呢？」明月鼓起了腮幫子、跺了跺腳，不禁感慨，就連這時候老天也喜歡和她開玩笑。

明月看了看時刻表，下一班公車少說也要再等個一小時以上。

「公車這麼一跑，這下子只能用走路的了。」明月哀怨的說，非必要，她可真不想用走的去啊……

離明月家最近的圖書館，步行的話也要花上四十分鐘左右，而且漫長的路上總免不了遇到一些不愉快的遭遇，但只要是假日這一類有空的時間，明月一定會去報

到，她努力想著等會兒與書共處的時光，在腦中醞釀快樂的情緒，走過這條布滿荊棘的道路。

明月快步的走在往圖書館的路上，沿路把頭低的不能再低，深怕遇到認識的人，或是對上他人的眼睛。

「唉……下次應該請媽媽幫我買一頂帽子的。」明月熟練的閃過迎面而來的路人，在人行道裡穿梭。看著路旁玻璃櫥窗映照出臉上明顯的胎記，明月的又把頭彎的更低了。「就快到了，就快到了。」離目的地愈來愈近，明月稍稍鬆了一口氣，沒想到就在這個時候，一聲尖銳的呼喊刺入了明月的耳中。

「哎呦！這不是阿醜嗎？」明月微微的抬起頭，又馬上將頭轉下，準備起步離去。

「欸欸！等等！阿醜啊阿醜，這是你對兒時玩伴應該有的態度嗎？」出聲的女孩子一把抓住了明月的手腕，嘴巴歪向了一邊，聳肩笑著。

「好久不見了，小雲。」明月用不能再小的聲音，怯怯的回應女生的問候。

「這樣才對嘛！虧本小姐這麼好心的向妳這種沒人緣的傢伙打招呼。」小雲見明月停下腳步，把手縮了回來。

「小雲，妳有什麼事嗎？」明月僵硬的站在小雲面前，像隻被蛇盯住的青蛙一般。

「如果沒有事情的話，我趕時間，要先失陪了。」一口氣將話說出口，不料卻換來一陣爆笑。

「哈哈哈哈！少耍我了，阿醜。妳有事？憑你長成這個樣，是會有什麼約會，既然不是與人有約，晚幾分鐘又不會少你一塊肉。」小雲好不容易逮住了這個「舒壓」的機會，怎麼可能這麼輕易放人，所以擋著明月，大聲的喧譁起來。

感覺到身旁行人的側目，明月脹紅了臉，知道自己鬥不過小雲，只好使出最後絕招。

「我……我和我媽媽約……約好了！」可能平時不習慣說謊，講出這理由的時候，竟然還口吃了，明月心中吶喊，希望不要露餡才好。抬頭瞧了一下小雲，看她滿臉得意，就好像在說「我就說嘛！阿醜就是阿醜，果然只有家人能作伴」。

「那……小雲，很高興遇見妳，我先走囉！」明月趕緊說完，就一溜煙跑走了。

明月喘吁吁的站在圖書館門口，腦袋一片空白，今天實在太多意外，害她一時腦袋轉不過來。

「啊啊，早知道就乖乖待在站牌等公車了。」被小雲一攔，所花掉的時間都足以搭下一班公車了。調整好心情，明月深深吸了一口氣，走進屬於她的天堂。

進入圖書館，寧靜的氛圍，瞬間就讓她放鬆許多，沿著熟悉的走廊，左轉，再右轉，爬上三樓，映入眼簾的每個人都埋首於自己的書中，沒有人會對她指指點點。明月側身轉入編號八的書櫃，手指由上而下畫出S的線條，尋找今天的朋友。在下一秒，明月的手指打住了，她睜睜的看著那書的名字，像有魔力一樣，她無法將視線轉移。

「雨果……」明月小聲的念出作者的名字。

她是有聽過這本書的名字的，也知道它曾經被改編成卡通、歌劇等等，但是明月從來沒想過，要閱讀它的原著。明月墊起腳，她輕輕的將這本書拿下來。她有預感，這本書會選擇今天出現，絕對不是偶然。

明月坐到了一張靠窗的桌子前，手摸了摸粗糙的書皮，將書翻到了背面，她習慣這樣，在開始看書之前，先看一看敘述的文字，就像認識交朋友之前，先聽他的自我介紹一樣。

「距今三百四十八年六個月又十九天的一個清晨，市區、大學城和城區……」明月看著密密麻麻的文字在眼前蔓延，將她帶進黃褐色的歷史世界。

「愚人之王終於選出來了……那有如四面體的鼻子、馬蹄形的嘴、被棕紅色濃密睫毛蓋住的細小左眼、完全消失在一個大腫瘤之下的右眼、像是城垛般參差不齊且到處都是缺口縫隙的牙齒、一顆牙有如象牙般……」明月震驚住了，她看到那世界裡的人們呼喊、狂笑、拍掌，全都是為了他。

「加西莫多……」她跟著文字喚了他的名字，就像在喚自己的一樣。

漸漸，明月把自己整個投射到了加西莫多……這故事的主角身上，這個角色與她太過相似，如同加西莫多被眾人恥笑，雖然明月自己知道，她的長相並沒有像加西莫多一樣這麼駭俗，但是她還是將手輕輕的撫上臉上的那片胎記。

繼續往下面看去。

她看到加西莫多將自己囚困於鐘塔之中，那聖母院的大鐘們就是他的朋友，又如同她與圖書館裡的書一樣，唯有在這地方，才不會受到外人的攻擊。加上這層共通點，明月對故事的發展愈來愈好奇，心中卻又不免感到緊張，假使最後不是一個快樂結局，她可能會跟著傷心一大段日子。

「啊！主教這樣實在太過分了！」

「加油啊！加西莫多，不要向那個壞主教認輸。」明月默默的在心中怒吼，只有在書中的世界，她才會變得如此積極、活潑。

明月順著故事遨遊於中世紀的巴黎，她又認識了多情的吟遊詩人「葛林高爾」，美艷聰明的吉普賽女郎「斯梅達」和她可愛的山羊，以及一群生活在下層世界的人們，然後是俊俏、風流的侍衛長「費比斯」。那是明月從未體驗過的香檳色世界，她彷彿也拿著酒杯跟著裡頭的人物們一起度過狂歡節。

然後，明月發現，加西莫多戀愛了，而對象居然是同女神般美麗的艾斯梅達，明月十分詫異，訝異的不是加西莫多喜歡上艾斯梅達這件事，而是加西莫多居然這麼勇於面對自己的內心情感，反觀自己，就算有喜歡的人，大概會從有這個想法起，就先被自己抹煞掉了吧。

「自己長得這麼醜，怎麼有資格去喜歡人家那種優等生？」

「拜託，不要再讓人家看笑話了。」

「難道妳忘記堂哥的事了嗎？就算是以前待我很好的堂哥，到後來還不是避之唯恐不及。」

「不要把人家的同情當作對妳有意思啦！醜女！」

「阿醜！阿醜！阿醜……」明月陷入了對自己的厭惡之中，而過去那些詆毀、傷人的話語，一時全塞進了她的腦袋，她呼吸變得有些急促，眼淚也幾乎快要掉下來了，於是她索性的將書闔上，趴了下來。

「難道加西莫多都不怕這些閒言閒語嗎？」

「為什麼我無法像他一樣堅強呢？」明月一邊思索，一邊試圖讓自己心情恢復平穩。

「那愛斯梅達呢？她會怎麼回應加西莫多呢？」明月很想知道，如果艾斯梅達的回應是正面的，她會真心為加西莫多開心的，或許那是因為，那對明月來說，也是一種救贖。

就在明月對後來發展感到振奮之際，廣播器那頭傳來了離別之歌。

「居然已經要到閉館時間了。」明月不禁咋舌，她今天本來沒有預定要留這麼久的。她趕緊將桌面收好，不捨的將書放回書架，其實如果她很執著於劇情，是可以將書借回家去看的，但是對明月來說，圖書館是特別且無法被取代的場所。她知道這是很可笑的堅持，但是她就是有這樣的牛脾氣。

走出圖書館時，外面已是彎月高掛。說實話，明月是不喜歡月亮的，夜空中的月亮總是美不勝收，不管長甚麼樣子都會有人讚嘆，就算表面也是坑坑巴巴，卻從來沒有人嫌棄它這點。

反觀明月自己，雖然名字這麼好聽，但在她耳裡聽出來的卻是諷刺味十足，她對有這樣想法的自己感到厭煩，也覺得對不起那關愛著她、為她取下好聽名字的爸媽。她伸出雙手，渴求月亮可以分一些光彩給她，下一秒，就覺得自己這樣實在丟臉，趕緊假裝是在伸懶腰，又低下了頭。雖然她不喜歡皎潔的月亮，但是和白天相比，那刺人奪目的太陽，把她的缺點一一暴露在外人眼中，幽暗的夜晚，總帶來一抹保護色，她靜靜等著公車，準備返回她溫暖的避風港。

回到家時，因為時間有點晚，而遭來爸爸的一頓訓斥。雖然被罵了，明月心中卻有不同的感受，要是以前的她，一定會發「有這麼嚴重嗎？」「為什麼要發這麼大的脾氣？」之類的牢騷，但是換個想法，爸爸是因為擔心她，所以才會這麼生氣吧。明月又想起了加西莫多，和他比起來，明月覺得自己幸運多了，至少她還擁有一個溫暖的家庭，接納她的父母和弟弟。明月為此感到滿足，就匆匆拿著換洗衣物，洗澡準備睡覺。

躺在軟軟的床上，明月開始期待下一個去圖書館的日子。那天晚上，明月做了一個美夢，詳細的過程她不記得了，不過她夢到了她喜歡的那個人，對著她微笑。

然而，現實和夢畢竟是不一樣的，隔天到學校，同樣的戲碼一再的發生，像是惡夢一樣不停重複，明月甚至想過，或許她所待的夢境才是真正的世界，現在待的地獄不過就是像《愛麗絲夢遊仙境》一樣真實的惡夢罷了，等到她一醒來，一切都會恢復原狀。但是，故事依舊是故事，而明月依舊被大家叫做阿醜。

「沒關係，今天又是可以到圖書館的日子了。」明月打起精神，緊盯著時終一分一秒的前進，下課鐘響。

明月踩著輕快的小碎步，頭也不是低低的，這樣班上同學感到十分困惑，因此竊竊私語，可是當下腦中塞滿加西莫多的明月是不會注意到的。就這樣，明月順利的到達公車站，順利的搭上公車，順利的進入圖書館。

「今天真的是我的幸運日也說不定。」明月不禁暗自開心了起來，小碎步在樓梯間敲出清脆的節奏，明月拐進了八號書架，拿下了那醒目的紅皮舊書。

「這次一定要把整本讀完！」說完，就窩進了她最喜歡的靠窗的那個座位，喇起書上的下紅線，進入書的世界。

隨著故事的進行，明月開始對許多角色產生改觀，或許，她也像所有人一樣，犯了那要不得的錯誤，總被一開始的形象所束縛。像是神父「弗羅洛」，一開始她對這位主教的印象可以說是差到不行，沒想到，其實他為加西莫多的付出是這麼的多，只是因為他比較不善於表達自己的情感、陰鬱，所以才使大家對他的印象這麼不好。

明月想到了以前對父母暗自的誤解，或許就想是這樣吧。故事慢慢的向前推進，明月心情也跟著起起伏伏，她因看到愛絲梅達一開始對加西莫多的排斥而心痛，因看到有人陷害加西莫多時感到憤慨，又因看到愛絲梅達適時轉變態度，開始接受並幫助加西莫多時感到稍許的溫馨。

「就算愛斯梅達最後並沒有選擇加西莫多也沒關係，但是當她痛苦時，她總是想到加西莫多，加西莫多已經成為愛斯梅達的心靈好友。」

「或許，我也是可以某個人的心靈好友。既然加西莫多都願意嘗試了，我為何不行呢？」

明月腦中開始有多正面的思想，讀完《鐘樓怪人》後，她覺得自己就像被洗滌一般，不管長相如何，還是要勇敢的面對現實，有了這層體悟，明月將厚厚的書放回書架。望向窗外，外頭已經是紫紅一片，該是回家的時候了。

明月將視線轉回書架，手又開始尋找，然後停在一本青藍色封皮的書上，她將書拿了下來，《青鳥》兩個字和可愛的插圖在封皮上，明月決定不先看後面的介紹了，以免先對這麼這本書有既定印象。她揹起放在桌上的背包，手上捧著一本要借的書，走向借書的櫃檯。

「不好意思，我想要借這本書。」明月囁嚅的向櫃檯阿姨答話。

明月心中早就知道了，她之前不敢借書回家，某部份也是來自於她的自卑，不想和任何人有交集，就算只是短短一分鐘，她也不想和人打照面，這次她可是鼓起了勇氣，才決定將書借回家的。

「這本書就好了嗎？」櫃檯阿姨親切的詢問，「那可以請妳借我刷一下妳的借書證嗎？」

聽到櫃台阿姨這麼說，明月趕緊將借書證從包包中掏出，遞了出去。

「那這樣就可以了。旁邊有印章，上面有歸還的日期，可以蓋在書最後一頁的紙條上。」明月趕緊到一旁蓋下日期章，第一次借書讓她頗為緊張，就在她蓋章的時候，她聽到櫃台阿姨對她說：

「明月妹妹，我看妳來這麼多次，這是你第一次借書吧。」

明月驚訝的點點頭，她沒有到素昧平生的阿姨居然會認得她，但是一想到可能是因為臉上的胎記，就覺得心裡很洩氣。

沒想到，阿姨接下來的話，讓明月十分震驚。

見。

「這年頭，像妳這樣勤跑圖書館的學生可少了喔！」阿姨淡淡的笑著說，「我們下次見囉！」說完，阿姨就揮揮手。明月也投以彆扭的微笑，和她說再

05

表白

明月還是個國中生，除了小時候對堂哥的崇拜以外，還沒有任何戀愛經驗，然而最近，她卻默默的注意起班上一個文武雙全的男同學。

對方應該算是她第一個喜歡的人，在班上是還不討厭她、害怕她、難得願意與她有交集的同學之一。聽其他同學說，他也是毫無戀愛經驗的人，沒追過女生，應該也沒被女生追過，雙方都是第一次。

原本明月對這個人也沒什麼特別感想，一直到某一天，看到他在幫忙當校內班際籃球比賽的裁判，開始漸漸注意這個人。

好高好高的背影、好多好多的粉絲！

對於這種風雲人物，明月以往都只是抱持著看看就好的心情。然而無意間聽到班上其他同學在討論這個人，明月偷偷豎起耳朵，聽了許多他的優點，於是粉紅色的枝枒便在明月的心底悄悄滋長。

某天比賽後，不知道哪來的勇氣，明月主動走上前去與他講話了！

後來他有次摸她的頭，手掌傳來的溫度讓明月心跳漏一拍，從那之後就開始更加在意他的一舉一動。

大概因為是同學，所以相處時間都還蠻長的。明月每天上課都很雀躍的去觀察他、在意他。

雖然明月很小心翼翼的隱藏自己的心情，但總是有些舉動，像是主動幫他拿回作業本，或是上體育課時遞水給剛在球場上飛馳的他。然而，他的神經似乎特別大條，別人都看出明月對他很特別了，他還是沒什麼感覺。

在默默關心他半年後，班上的流言蜚語也傳的愈來愈多後，他總算在最近發現到明月喜歡他的這件事。

令人遺憾的是，自此，他就開始躲明月了。

雖然明月主動找他說話，他都會應答，可是就是有一種很尷尬的感覺，而很明顯的，這種感覺是來自於他。他很尷尬，明月當然也跟著尷尬，兩人氣氛非常僵，就連身邊的空氣都彷彿開始緩緩凍結了起來。

後來，明月才開始發現，每次自己和他說話的時候，身邊總是有好幾雙眼睛都在盯著看，好多的竊竊私語，好多的掩嘴偷笑。

是不是因為這些目光，才開始造成他的閃躲呢？

明月上課時愈來愈不專心，老師在台上說些甚麼三角函數、矩陣……明月心底想的都是別的。

「為什麼自己會生成這副德性？」

「為什麼自己喜歡一個人，就無止盡的墜入了？」

「要是今天自己臉上的胎記不在，他就可能主動追我嗎？」

明月每天上學前都在鏡子前端詳自己胎記，彷彿今天的確比昨天淡了些。然而「好想跟他見面」、「好喜歡跟他聊天」、「好希望他可以在乎我一點」這些想法完完全全的占據了她所有心思，又好怕對方發現她心中的祕密。

理智的她不斷的告訴自己，對方只把她當單純的朋友而已，畢竟誰會喜歡一個臉上爬滿大半個黑斑的人呢？

但是不理智的她不斷的、不斷的想要跨越那條線，好多喜歡在心底即將衝口而出，卻又在嘴角害怕被他發現了祕密……

「我們連朋友都不是」明月曾經夢到對方這樣回答他，讓她一早起床發現枕頭有許多淚濕的痕跡。

「我好在意他」、「好喜歡他」、「我無時無刻都在想著他」、「好想好想他」……這麼的心情卻只能用力壓抑在喉嚨間，因為害怕惡夢成真，怕他們變成什麼都不是。

他是那麼優秀的人，他是許多女孩心中的白馬王子，又怎麼可能會把目光停留在她的身上呢？像他這樣的人，可以不嫌棄她，還和她保持朋友的關係，就已經是多大的幸運了，自己還在妄想什麼呢？

自己太貪心了吧？

不只貪心，而且還笨，笨得無可救藥。還以為自己是穿著玻璃鞋的灰姑娘嗎？算了吧，有些幸福注定不會屬於自己，早在自己對堂哥死心了的時候就已經明白了，不是嗎？

時間就這樣一天一天過去了，明月一直把自己的心意埋藏起來，甚至也開始學會如何和他保持距離，如何讓自己習慣在尷尬的氣氛中和他對話。但是明月自己也似乎開始察覺到，對他的感情其實有增無減，甚至已經不像是從前對堂哥那樣的容易放下了。

這段時間，明月還是如往常一樣，時常去圖書館看書。有一天，她又在書架上看到了一本她好久以前喜歡上的一本書。

這本書自從她第一次看完之後，她就覺得印象十分深刻，因為這本書讓她有一種內心被徹底洗滌了的感覺。是這本書的主角讓她知道，不管長相如何，還是要勇敢的面對現實。比起那些長相美好但是內心卻邪惡的人，至少自己的心還是純潔善良的。

這一本書就是法國大文豪雨果所寫的：《鐘樓怪人》

之前好幾次，當明月走在書架與書架之間，考慮著自己今天究竟該找什麼書來看的時候，她總是會想起這一本對她而言有特別的意義的書。但是不知道為什麼，她卻再也沒看見過它。

「或許是被借走了吧。」圖書館的書本來就是公物，借借還還的，本來就不是自己專屬的東西。

而今天終於再一次看見這一本書，明月突然有一種遇見了老朋友的感覺，她迫不及待的把它從書架上拿下來，像是想和它傾訴什麼一樣，又細細翻閱了起來。

不知道為什麼，這次明月總是只挑加西莫多與艾絲梅達的部分重讀。看著兩人在書中的對話與互動，明月突然覺得好羡慕加西莫多。

「加西莫多至少還可以保護他所愛的人，但是我的艾絲梅達，卻連和我說話都那樣為難……」

書隨著明月的手繼續往下翻著翻著，終於還是來到了明月最不願看見的一幕……艾絲梅達死了。明月忍不住哭了，因為加西莫多終究還是沒辦法得到他想要的幸福……

就在這個時候，忽然有一張字條從最後一頁飄了下來，掉到了地上。

「怎麼會有這一張字條呢？」明月感到非常好奇，於是她彎下身去把這張字條撿起來。明月心裡想：「應該是上一個借書的人留下來的書籤吧？」

仔細一看，卻發現字條上寫著幾行字，字體非常端正娟秀，像是女孩子的字。上頭寫著：「愛要及時，如果一直放在心中沒有說出口，那就會變成是永遠不可能實現的事。寧願後悔，不要遺憾。」

短短的兩行字，卻讓明月有一種茅塞頓開的感覺。書裡的加西莫多，如果能夠鼓起勇氣告訴艾絲梅達他的心意，那麼故事的結局是不是就會不一樣了呢？

書裡頭加西莫多的故事結束了，但是現實中她的故事還在繼續往下寫。加西莫多的不說，換來一場悲劇，那麼她呢？說與不說，哪一個才是悲劇、才一個又是喜劇呢？

明月低頭再看了那張字條一眼，卻忽然又感受到無比的勇氣與信心。

「寧願後悔，不要遺憾！」

或許說出口了，換來壞的結果會讓她感到後悔。但是如果不說，難道自己就要懷抱著「如果當時說出口，不知道結果會變成怎樣……」這樣子的遺憾一直到老嗎？

所以，在聖誕夜的前一天，明月最後還是選擇向他告白了。

告白總是為了結束。

是啊，喜歡你的人，就算不用說，其實也能慢慢走在一起。不喜歡的，就算你走在他身旁，他卻也能當你不存在似的，自顧自的就往前走。

告白對於單戀，就像敲響結束的鐘。

但是將要隨著鐘聲而結束的，會是自己單身的歲月，還是自己和他這一層如泡泡一樣一觸即滅的單薄友情呢？

明月不敢想。

星期四那天放學後，明月在校車上，中途下車跑去買了一盒巧克力，還有一張她很喜歡的幾米卡片，準備第二天送給他。

這段時間以來明月一直在偷偷注意他，早就知道他每節下課都會和幾個男同學一起去球場打球，就連中午吃飯時間也不例外，總是匆匆忙忙地把飯狼吞虎嚥的吃完，之後就又往球場飛奔而去了。

因為福利社的位置在教室對面的大樓，要去福利社一定要經過球場，於是明月就假裝要去福利社買東西，跟隨著他們的腳步走出教室，也往球場的方向走去。

一走出教室，明月才突然發現自己面臨的難題。他的身邊圍繞著那麼多同學，她要怎麼單獨向他告白呢？難道要在眾目睽睽之下表達她對他的心意嗎？

一想到那些竊竊私語的目光，一想到那些掩嘴偷笑的眼神，一想到那種瞬間凍結的冰冷氣氛，她不敢，打死她也不敢。

明月一直想不到一個好的辦法，思索之間，她也只好就繼續把戲演下去，裝作若無其事的走到福利社，卻什麼也沒有買，只是裝模作樣的偷偷看著遠方的他。

過了一段時間，終於讓明月等到一個千載難逢的好機會！他剛打完一場三對三鬥牛，下場休息，其他兩個隊友坐在一旁聊天，只有他還拿著球在另一個籃框練習著投籃。大家的焦點都放在另一場比賽上，如果現在去告訴他，一定不會有人注意到的。反正告白……應該也不需要很久吧？

她不知道。這還是她這輩子第一次向人告白，她怎麼會知道？

無論如何，錯過這一次，接下來很可能就不會再有機會了。她還是鼓起了勇氣，快步的走向他。

直到她走到了他正在投籃的籃框旁邊，他才注意到她。但他也只不過瞟了她一眼，之後目光又回到籃框上，繼續練習投籃。

而她也就這樣站在籃框旁邊，雙手放在背後，手指不停地搓著藏在身後的卡片和巧克力，愣愣的不知道該怎麼開口。

但是背後的另一個球場，不斷傳來的笑鬧和歡呼聲，彷彿都在在提醒著她：

「時間不多。」於是她終於鼓起勇氣開口叫他。

「徐煜翔。」

「啊？幹麼？」他停頓了一下，但是稍微擦了下汗之後，就又開始投起球來。

「你可以過來一下嗎？」

「我……我嗎？」聽到這一句，他才終於把動作停了下來，看著她，有點不知所措的樣子。

「嗯……」明月點點頭，心裡有種從來不曾有過的感覺，也不知道是害羞，還是緊張。

「要幹麼啦？」說著，他似乎也有點察覺明月今天不太對勁，眼神裡透露出些許的不安。

他的彆扭反而讓明月感到有些急了，於是明月趕緊走向前去，把背後的卡片和巧克力遞給他。

「這個，送給你。」

看著明月手上的卡片和巧克力，對於眼前的情況，他似乎也猜著六七分了，但還是相當慌亂的問：「為、為什麼要突然送給我這個啊？」

為什麼？這種事情哪還需要什麼為什麼？為什麼還不趕快收下？現在可是隨時都會被發現，兩隻手遞出卡片和巧克力，還不趕快收下，為什麼還要問為什麼？

「你不要問了，趕快收下就對了！」話說完，明月直接把東西塞到他的手裡。誰知他還是不肯收下，閃閃躲躲的說：「我才不要，我才不收這種來路不明的東西。」

「這才不是來路不明的東西，你趕快收下啦！」面對他的堅持，明月簡直急得快哭出來了。

「除非妳跟我說為什麼！」

兩人之間的動作愈來愈大，面對他的堅持，明月最後也不得不妥協了：「因為……因為……」

「因為我喜歡你啦！」

明月簡直又急又羞的說出這一句話，話一出口，才驚覺自己也未免說得太大聲了。只見他聽了自己的告白之後目瞪口呆，但，他驚訝的眼神卻不是望著自己，而是……

「哇！徐煜翔！不錯哦，想不到連阿醜都被你迷倒了！」

「羞羞臉！男生愛女生！」

想不到剛剛她與他的騷動，早就讓那些在打球的人們都把注意力集中到這裡來了，而他們兩個人居然都沒有發現到那些人正慢慢的往這邊靠近。最要命的還是自己，居然渾然不覺，還把告白的那句話說得那麼大聲！

「哎唷！還準備了禮物要給你耶！」

「徐煜翔！在一起了啊！」

「跟阿醜在一起耶！哈哈哈……」

耳邊不斷回盪著那些訕笑的話語，明月第一次感受到什麼叫想找個地洞鑽進去。而看著他臉上的表情由驚訝轉成驚嚇，她更是感覺到自己的心，都碎了……

「對不起，我……」明月鼓起她心中的最後一絲勇氣，向前踏了一小步，彷彿還想解釋些什麼。

沒想到，他卻先是防備性的迅速往後退了兩步，接著，居然像是受到了什麼極大的驚嚇一樣，轉身拔腿就跑，彷彿是受到了驚嚇的野獸一樣。

面對這樣突來的變故，明月還來不及思考、來不及反應，只是愣在當場，手一鬆，手上的卡片和巧克力就這樣掉在地上。

「欸！阿醜！妳把徐煜翔嚇跑了耶！」

「哈哈哈……阿醜跟他告白把人家嚇跑了，快笑死我了，哈哈……」

這些訕笑、恥笑的聲音，明月原本以為自己早就可以習慣了，卻沒想到此刻聽來顯得格外的刺耳，一聲一聲都在撕裂她早已體無完膚的心。

「原來我們都是得不到幸福的人……加西莫多不能，我莊明月也不能……」

她突然覺得有點羨慕加西莫多，幸好他沒有跟艾絲梅達告白……

明月只覺得心好痛好痛，痛到連憤怒的力氣都沒有，連跑開的力氣都沒有，只是任由臉上的眼淚一直流、一直流……慢慢的走回教室……那些人嘲笑她的聲音，也置若罔聞了……

06

陌生的婦人

表白的事情之後，原本已經很悶的明月變得更悶了！媽媽發現明月的情況不太對勁，於是常常找明月一塊出門，像是去菜市場或者逛街。

「媽媽，妳去就好了！我本來就不喜歡出門，跟著去也沒什麼意思。」明月這麼跟媽媽說。

「明月啊！妳總要多出門走走，要不然待在家裡會悶壞的！」媽媽非常堅持明月要跟她一起出門。

「我在家裡或是圖書館讀書還比較快樂！去菜市場人家都會指指點點的，我反而難過啊！」明月囁嚅著說。

「妳不要管人家怎麼說，妳就當陪陪媽媽！有妳陪我買菜，妳不知道媽媽有多高興啊！」媽媽說著，嘴角都有了微笑曲線。

「真的嗎？」明月狐疑的問著。媽媽認真的點了點頭。每次看到媽媽這樣的神情，明月就沒辦法拒絕媽媽。

「媽媽有我這個女兒，一定多了很多煩惱吧！」明月總在心裡這樣想著，想到媽媽對自己的這一片心，明月總想為媽媽多做一點什麼，也就只有順著媽媽去菜市場買菜了。

「明月啊！好久沒有陪媽媽上菜市場買菜了。」菜市場口的水煎包阿嬤，熱絡的招呼著明月和媽媽，還塞了個高麗菜的水煎包給明月。

「妳看，水煎包阿嬤對妳多好啊！」媽媽對明月這樣說著。

明月點了點頭，但是她心裡也想著：「還是會有人在我背後說，那個黑面女孩子又來了！」

果然，明月才在心裡這樣想著，迎面而來一對母子，小男孩看起來應該只有幼稚園的年紀，他一看到明月，馬上就在他媽媽的耳朵邊說起悄悄話。

「他們一定是在說我怎麼長成這個樣子吧！」明月小聲的對媽媽說。

「明月，妳太多心了！他們可能說的話有很多，妳不要自己這樣一直想，只會苦了自己！」媽媽跟明月解釋道。

「可是他們一定是這樣說的啦！」明月低著頭繼續自言自語的說道。

「真的嗎？」媽媽今天不知道怎麼搞的，也不曉得哪裡來的勇氣，媽媽就直接問起小男孩的媽媽說：「這位太太……」

媽媽突如其來的舉動，著實讓明月嚇了一跳，只見到媽媽繼續跟那位母親問道：「請問，剛剛妳兒子在妳耳朵說些什麼啊？」

這位小男孩的母親，被媽媽這個問題一問，整個人也愣住了，她大概沒想到有人會這樣問話吧！

「沒……沒啦！」小男孩的母親結巴了起來。

「阿姨！我在跟我媽媽說，快一點買菜啦！我想要拉大便！快要拉在褲子上了啦！」小男孩自己說了出來，臉還有點紅紅的。

「不好意思，在公眾場合說這種事情。」小男孩的母親聽到後，自己還很不好意思。

「那要不要趕快去菜市場口的速食店，那裡的廁所打掃得滿乾淨的，先去吧！」明月的媽媽好心的建議著。

「也是！先去好了，上完廁所再回過頭來買菜。」小男孩的母親回答道，並且急著帶小男孩往菜市場口走去。

「妳看，明月，不是像妳想得那樣啊！」媽媽回過頭來馬上跟明月這麼說。明月自己一臉苦笑著。

「有時候，往往是我們自己想太多，先把事情想得很糟，當碰到一件跟我們想得一樣糟的事情，又會自己把它無限擴大，好像所有的事情都那麼壞啊！」媽媽苦口婆心的跟明月解釋。

「好啦！我知道了！」明月應了應媽媽，但是表情好像沒有全然信服的樣子。

「媽媽希望妳能夠開心點，要不然妳這樣悶悶不樂的，媽媽看了也很難過啊！」媽媽摸著明月的頭，跟她好好的說。

明月理解的點了點頭。

這時候，菜市場迎面而來一位婦人……

巧合的是，她的臉上也有和明月類似的胎記，而且她的胎記範圍比明月還大，超過半張臉，延伸到另外半張臉去。

「怎麼會這麼誇張啊？我已經夠倒楣，但是這位太太的情形比我還嚴重。」明月在心裡這樣想著。

婦人看到明月，好像也有點愣住，於是放慢了腳步。

就看到在菜市場人來人往的街道上，明月和這位臉上也有胎記的婦人，緩緩的擦身而過，彼此都注意著彼此，卻又什麼話都沒有說出來。

媽媽也小心翼翼的看著明月，有點屏氣不敢出聲的模樣。

等到明月和婦人已經是背對背時，那位太太突然轉過身來，走到明月和媽媽的面前說起話來……

她先是非常認真的看著明月的臉，看了好一會兒才仔細的說：「我們在天上的爸爸一定很愛妳，所以妳出生到地上來的時候，還一直親著妳，親到發青了才讓妳出門來！」

這種話從別人的嘴裡說出來，明月都會覺得是天方夜譚，重點是這位婦人的臉上也有和明月類似的胎記，範圍還更大，所以由她說出來的這些話，感覺上就非常誠懇，對明月而言也非常受用。

但是明月也不知道該如何回應這位婦人，應該說當場明月也有點呆住了，只聽到媽媽不斷的跟這位婦人說謝謝，然後婦人也就從明月和媽媽的後方走開了。

媽媽是有跟明月說著話，但是明月也記不太清楚媽媽說了些什麼，她的腦筋裡只有一直重複著那位婦人對她說的那些話。

「這一定是她自己的生命經歷！」

「我第一次聽到人家這樣形容我臉上和她臉上的胎記。」

「怎麼會這麼巧，這樣的人竟然走到我的面前跟我說這些！」

明月的心裡也不斷的對婦人說的話產生想法，這一席話對明月來說非常震撼，這種震撼幾乎將明月告白的陰霾完全挪去，在腦筋裡轉而取代的是婦人說話的場景，不斷的在明月的大腦裡重播著。

「明月啊！」在房間的明月，聽到客廳裡頭傳來媽媽的聲音。

明月聽到媽媽的呼喚，馬上從房間走到客廳去，到了客廳發現爸爸、媽媽都坐在那裡。

「什麼事情啊？」明月看到爸爸、媽媽在客廳坐得好好的，還把她給叫了出去，感覺像是要「訓話」一樣。

「明月，媽媽說妳在菜市場遇到一位婦人後，回來就若有所思的樣子。」爸爸先開口說話了。

「有事情嗎？要不要跟爸爸、媽媽討論看看。」媽媽也出了聲。

「沒有啦！我只是在想說，為什麼那位太太可以這麼誠懇的跟我說這些，我一直想著她對我說的那些話！」明月回答著。

「那位太太也是好意。」媽媽這麼說。

「是啊！我知道。」明月點點頭同意。

「那些話有讓妳覺得哪裡怪怪的嗎？」爸爸問起明月。

「是沒有，我只是一直在想這位太太不知道經歷過什麼？才讓她有這樣的想法。」明月說道。

「我有去菜市場問過……」媽媽點頭稱是。

「妳有去打聽喔？」明月的眼睛都亮了起來。

「是啊！聽說這位太太的身世非常可憐！」媽媽回答著。

「真的嗎？」聽到媽媽這樣說後，明月更驚訝了。

「嗯！聽說她小的時候，出生沒多久就被棄養，丟在一個天主教的育幼院門

口。」媽媽把菜市場聽來的說給明月和爸爸聽。

「難怪她會說天上的爸爸！」明月想起來那位婦人說的話。

「是啊！她是個天主教徒，可是她很爭氣，在育幼院長大後，就自己到外面找工作，每個月都會寄錢回育幼院幫助其他的院童。」媽媽聽到的情形是這樣。

「那個太太有自己的家庭嗎？」明月問媽媽。

「有！她結婚了，有一個很圓滿的家庭，還生了個男孩。」媽媽講著這些，滿臉替這位太太高興的模樣。

「那太好了！那太好了！」明月也很替這位太太的幸福高興。

「妳看！這位太太可以得到幸福，我們明月一定也可以的。」爸爸講到這裡，也是滿臉歡欣。

「這一定是天意，讓這位太太遇到我們家明月，還鼓勵了明月，這一定是老天爺的好意！」媽媽感恩的說著。

「明月妳自己覺得呢？」爸爸問著明月。

明月深有同感的點了點頭。

「我已經比那位太太幸運多了！」明月有點用力的繼續說道：「我有愛我的爸爸、媽媽，雖然有人會說我壞話，但是也有像水煎包阿嬤和賣冰的黃伯伯這樣的好人對我很好……」

聽到明月這一番話，爸爸媽媽的眼眶都紅了。

「孩子，妳明白我們的心，這樣就夠了。」爸爸紅著眼眶點了點頭。

「是啊！這樣就夠了！」媽媽也哭紅了眼，還拚命的拿衛生紙擦著眼淚。

「我只是臉有胎記，我也好手好腳的，身體很健康，我還很會讀書。我擁有的已經很多、很多了！」明月有感而發的說道。

「孩子，妳這麼小，就可以這麼想，爸爸、媽媽真的很為妳驕傲。」爸爸跟明月這麼說。

後來明月進到房間後，聽到爸爸、媽媽還在客廳繼續聊天。

「聽說那位太太在嫁給這個先生之前，有個交往很久的男朋友。」媽媽跟爸爸說著她從菜市場聽來的消息。

「而且她對那個男朋友是死心塌地的好，那個男的都不去賺錢，靠她養他，她

也甘願這樣做。」媽媽這樣說著。

「怎麼這麼傻啊？」爸爸好像有點不太理解的回答著媽媽。

「是啊！而且那個男的真的很糟，到最後還找了他新交往的女人聯手在街上打了這位太太。」

聽到媽媽這麼說後，明月在房間裡面有點驚訝這樣的內容，就特別貼在門上聽爸爸、媽媽談話的內容。

「哎喲！我們明月以後大了不會這樣吧！」爸爸有點心酸的說道。

聽到爸爸這麼說，明月想起她跟同學告白的事情，她覺得這樣已經夠叫她難過了，沒想到菜市場那位太太的遭遇更是糟糕。

「是啊！當天她被打的場面，被很多人看見，還是路人不斷的拉住那個男人，這位太太才沒被他繼續打。」媽媽繼續說道。

「怎麼有這麼差勁的男人啊？」爸爸氣憤的說。

「而且還一直對這位太太吼著，叫妳不要再來纏著我，妳沒聽懂嗎？妳如果再來，我還會再打妳！」媽媽轉述著菜市場小販的話語。

「這種不要臉的男人，如果被我遇到，我一定會狠狠的揍他幾拳，真是太過分了！」爸爸這樣跟媽媽說。

在房間裡頭的明月聽到這裡，整個人不寒而慄，她覺得被人恥笑已經是最糟的事情，沒想到還會有人動手打人，況且還是自己深愛過的人。

這件事一直盤繞在明月的心中，連上學的時候，明月還會忍不住想起這件事。

「哈哈哈，阿醜跟人家告白，還嚇到別人……」有同學在班上拿出這件事偷偷的嘲笑明月。

接著又是一陣窸窸窣窣的笑聲，明月雖然聽到還是會有點難過，但是想到那位太太的遭遇，她也不知道該怎麼對自己難過，只是有更多的心疼，覺得非常捨不得那位跟自己一樣面容的女人。

「還好，她找到愛她的男人了！」明月在心裡這樣想著。

就在明月這麼想的時候，明月告白的那位男同學徐煜翔跑到明月的面前，讓明月著實嚇了一跳。

「喔喔喔！男生愛女生！」

響。

「換徐煜翔要跟明月告白了嗎？」

「太精采了！」

班上同學不停的鼓譟，讓明月原本已經不知該如何是好的心跳，更是咚咚作響。

「請問有什麼事嗎？」明月慌張當中，只想起這句話來。

「嗯……」徐煜翔竟然面有難色的模樣。

「快來看喔！」

「徐煜翔跟阿醜有下集了！」

「不會吧！徐煜翔你不會真的愛上阿醜吧！」

多事的同學不僅嚷嚷著，還吆喝著不在教室的同學們趕快回來教室看好戲。

「明月，妳可以跟我到教室外面嗎？我有話要對妳說！」徐煜翔滿臉羞愧的跟明月這麼說道。

「我們還有什麼話好說嗎？」明月不解的反問。

「阿醜還拿翹呢？」旁邊的同學掩著嘴笑著說起明月。

明月不想理班上這些唯恐天下不亂的同學，她想書包應該還有書可以看，她就安靜的打開書包。

「明月，妳可以跟我到教室外面嗎？我真的有話要對妳說，請不要懷疑我的好意啦！」徐煜翔用幾乎哀求的語氣跟明月說道，明月雖然對他有點死心，也不想再給自己找麻煩，但是她覺得的確應該讓徐煜翔發表意見才是，也就跟徐煜翔走到教室外面，教室裡同學們的喧譁聲則是不絕於耳。

07

轉捩點

到了操場旁邊，徐煜翔馬上就彎下腰來跟明月鞠躬道歉。

「你這是做什麼呢？」明月不解的問著徐煜翔。

「我為我那天拔腿就跑的舉動跟妳道歉！」徐煜翔這麼說時，又再對明月鞠了個躬。

「沒關係啦！我已經死心了，是我自己想太多！」明月幽幽的說道。

「我覺得自己的行為很不像個男子漢，真的很丟臉，對妳真的很不好意思！」徐煜翔跟明月猛賠不是。

「或許是我自己不自量力，我應該自己知道，我的臉長成這樣，去跟別人告白一定會嚇到別人。」明月嘆了好大一口氣這麼說。

「不！不是這樣的。」徐煜翔大聲的說著。

徐煜翔的大聲，讓明月有點驚訝，她瞪大了眼睛望著徐煜翔。

「我就是擔心妳這麼想，才覺得無論如何都要跟妳解釋清楚，不希望妳誤會。」徐煜翔很誠懇的對明月說明。

「那你當天為什麼嚇成這樣？」明月皺起眉頭不解的問道。

「我不是因為妳的臉嚇到的，而是只要是女的跟我告白，我想我的反應都是那樣，我也是第一次有人跟我告白啊！」徐煜翔非常不好意思的低著頭說這些。

「啊！」明月也張大了嘴巴，不知該說些什麼。

「我只喜歡跟男同學打籃球，現在並不會想交女朋友啦！」徐煜翔有點靦腆的搔著頭。

徐煜翔的表情讓明月哈哈大笑了起來。

「那我們可以和好嗎？我們不是男生愛女生的男女朋友，還是可以當好朋友的啊！」徐煜翔這麼建議著。

「謝謝你！」明月感激的點了點頭。

「喔！終於解釋清楚了，心裡輕鬆了不少，我覺得那天我的樣子好丟臉耶！」徐煜翔搖著頭說道。

「謝謝你今天特意跟我解釋這些，這對我很重要。」明月打從心裡感謝徐煜翔對他所做的這些。

「應該的，本來就要說清楚才是。」徐煜翔搖搖頭，然後跟明月兩個人走回教室去。

回到教室之後，還是有不少同學在竊竊私語，明月卻一點也不在意了！明月意外發現到，自己好像變了……

「好像在菜市場遇到那位太太後，我變得不太一樣了！」明月自己在心裡這樣想著，但是她也說不出來到底不一樣在什麼地方。

隔了幾天，媽媽要明月幫她去買個醬油，明月走到菜市場附近，遠遠的就看到那位跟她一樣臉上也有胎記的婦人。

這次明月主動的靠上前去說：「阿姨，妳好，謝謝妳那天跟我說的那席話。」

「喔！同學，又見到妳了！」這位好心的阿姨看到明月整個人就是很開心的模樣。

「自從上次妳跟我說過話之後，我真的覺得整個人好了許多。」明月誠心的跟阿姨這麼說。

「那是阿姨真的這麼想，我也是這樣走過來的。」阿姨笑著說道。

「告訴妳一個祕密，那時候我剛跟班上一個男同學表白，結果他當時嚇得往後跑，讓我好難過，還好遇到妳跟我說了那些，才讓我好過許多。」明月平常不是多話的人，可能阿姨跟她有著一樣的狀況，讓她對這位阿姨可以自然而然的敞開心胸，毫無顧忌的把心事都說給她聽。

「真的嗎？那一定心很痛吧！」阿姨充滿關愛的眼神細細的看著明月。

「已經好了啦！」明月淡淡的說道。

「阿姨是過來人，我明白，阿姨自己還曾經被以前的男朋友揍過呢！」阿姨說起這話的時候，眼睛看著很遠的地方，好像在想很久以前的事情。

「那個男生好壞喔！」明月憤恨不平的說著。

「其實也不能怪人家，後來我有發現到，自己也有不對的地方。」阿姨撇起嘴巴幽幽的描述。

「妳有什麼不對嗎？妳都已經被打了！」明月不明白的問著。

「我有反省自己，問題是出在我自己不愛自己的原因。」阿姨跟明月好好的解釋著。

「我不明白……」明月搖著頭說。

「其實我一直很自卑自己的臉上有這個胎記，也覺得自己當年被爸爸媽媽丟在育幼院門口就是因為自己的長相，好不容易有個愛我的人，我就覺得無論如何都要把對方給留住……」說到這裡，阿姨嘆了很大的一口氣。

「唉……」明月也跟著阿姨嘆氣，她完全可以明白這樣的心理。

「我用盡一切方法討好對方，結果把自己擺到一個讓對方看了都嫌的位置，人家會那樣對我，也不是沒有道理的啊！」阿姨說起這些過往，已經看不出任何怨恨，感覺她只是在跟明月分享一個人生經驗。

「那要怎麼辦呢？」明月狐疑的問著，她也很想知道阿姨是怎麼走出來的。

「我自從離開那個男朋友之後，就覺得如果我都不能喜歡我自己，憑什麼我要要求一個男人來喜歡我呢？」阿姨注視著明月的眼睛定定的說道。

「要喜歡自己真的好難喔！」明月覺得阿姨說的「愛自己」真的是一門很大的學問。

「是啊！剛開始我也毫無頭緒。」阿姨完全理解的點了點頭。

「只要出門，就會看到別人鄙夷的眼神，在這樣的狀況裡頭，還要能夠愛自己，這真的好難好難喔！」明月繼續說著。

「我是回去育幼院，看到從小帶我長大的修女嬤嬤，這個世界上還是有她這樣的人能夠愛我，上帝還是沒有忘記我的……」阿姨說到這裡，眼眶裡滿是感動的淚水。

明月從口袋裡拿出一小包的面紙遞給阿姨，讓她可以擦擦眼淚。

「謝謝妳，以前的修女嬤嬤也會掏出手帕讓我擦眼淚的。」阿姨這麼說道。

「修女嬤嬤一定很愛阿姨，阿姨才會這麼有力量來跟我說這些話的。」明月點點頭說。

「是啊！真的是這樣。而且我以前都把注意力放在我前男友的身上，他嫌錢不夠花，我就努力去打工，賺錢給他用，結果到頭來他還是不愛我。自從他離開我後，我也不需要賺這麼多錢了，慢慢有了自己的時間，我本來就很喜歡種花種草，自己花了不少時間在自己的興趣上，也常常回育幼院幫忙整理花圃，漸漸的開始覺得世界上有自己這個人真的不錯。」阿姨跟明月解釋著。

「阿姨，妳的意思是說，去做自己喜歡的事就會喜歡自己嗎？」明月不解的反問阿姨。

「是啊！而且做自己愛做的事，付出的才是愛，不是嗎？」阿姨細細的說給明月聽。

「有道理耶！」明月恍然大悟的模樣。

「小朋友，妳有自己喜歡做的事情嗎？」阿姨問著明月。

「我喜歡讀書，常常去圖書館。」明月點點頭說道。

「這樣很好啊！妳就要讓自己多點時間讀書，然後慢慢再從中找到自己的美麗。」阿姨回答道。

「自己的美麗？」明月更不明白的問道。

「是啊！人如果在做滋養自己的事情，整個人的狀態都會很不一樣喔！會有一種很祥和的美麗和光采，我現在的先生他就是看到我在照顧一株生病的植物，他就喜歡上我的。」阿姨靦腆的說。

「好溫馨啊！」明月微笑著說。

「我就住在這個菜市場旁邊的這棟，如果妳有什麼事想跟我聊，歡迎妳隨時來

找我，我們真的很有緣！」阿姨特別指了棟房子，跟明月解釋清楚她住的地方，才跟明月道別。

明月拎著一瓶媽媽要她買的醬油回到家裡，媽媽在廚房大聲的問著明月：「怎麼去買瓶醬油拖了這麼久的時間啊？」

明月從客廳對著廚房喊著說：「沒有啦！剛剛在菜市場附近碰到上次那位太太，就是臉上也有胎記的那位太太。」

「啊！真的？」媽媽從廚房走了出來，雙手忙著用圍裙擦乾。

「跟阿姨聊了很久，她跟我講了很多她以前的事。」明月跟媽媽這麼說道。

「她真的很有心，對妳很照顧。」媽媽點點頭說。

「我希望自己也能夠像她一樣，這麼有自信的活在這個世界上。」明月跟媽媽說道。

「妳一定可以的，孩子！」媽媽肯定的說。

「阿姨還跟我說，有一天我一定會覺得自己很美麗的。」明月轉述阿姨的說法，但是她的表情似乎是不能置信。

「一定會有那麼一天的，媽媽看我們明月就很美麗啊！」媽媽心裡對那位太太充滿了感激，很謝謝她對明月所說的這些。

第二天到了學校，明月在打掃公共區域的時候，跟徐煜翔聊起阿姨說的話。明月和徐煜翔自從那次表白事件之後，變成什麼話都可以聊的朋友，明月很感謝徐煜翔給她的友誼。

「那位阿姨好特別喔！」徐煜翔這麼說道。

「不過她說得很有道理。」明月這樣子說。

「為什麼？」徐煜翔反問。

「你看，你很喜歡打籃球，所以你打籃球的時候就特別的帥！」明月點點頭這麼說。

「是耶！」徐煜翔恍然大悟的說。

「我還要讓自己有多一點的時間讀書，或許我會發現自己很不一樣的那一面。」明月這樣說道。

「或許妳已經具備了妳跟別人不一樣的天分，只是妳自己不知道而已。」徐煜翔鼓勵著明月。

「徐煜翔謝謝你當我是朋友，有你這份友誼，我覺得很幸福。」明月滿心感激的對徐煜翔說。

「妳可不要再愛上我！我還沒有想交女朋友喔！我現在交女朋友會被其他同學笑！」徐煜翔緊張的搖搖手。

「你不用擔心啦！我只是喜歡你這個朋友，沒有別的意思啦！緊張成這個樣子！」明月有點受不了徐煜翔。

「那就好！那就好！」徐煜翔如釋重負的說道。

就在明月和徐煜翔從公共區域回到教室的路上，有一位別班的男同學挑釁的說：「阿醜還交男朋友呢！」

平常一定低聲下氣趕快走開的明月，今天不知道是哪裡來的勇氣，馬上回了句話：「徐煜翔不是我的男朋友，只是同學和好朋友。」

明月的反應讓那位男學生有點傻住，因為明月平常習慣的表情就是低著頭、看著地，然後快步的走回教室，根本都不會回嘴。

「那……那是徐煜翔……愛女生。」停了老半天，男同學才又迸出這麼一句結結巴巴的話出來。

「不是，你沒聽懂嗎？我和徐煜翔只是朋友，沒有誰愛誰的問題。」明月又回了嘴。

這下子那個男學生有點不解的離開了。

「妳變了耶！」這次換徐煜翔滿臉驚訝的看著明月。

「真的嗎？我沒有感覺。」明月淡淡的說道。

「真的，妳以前一定覺得很丟臉、趕快要找個洞鑽進去的樣子。」徐煜翔說起明月以前的反應。

「喔！」明月撇撇嘴、不以為然的笑笑。

那天明月也到了圖書館，她除了還書，還借了不少的書回家，圖書館阿姨也跟明月說道：「小朋友，妳怎麼了？妳好像跟以前不一樣了。」

「有嗎？」明月反問起圖書館阿姨。

「有耶！妳以前來都躲在很角落的地方，好像很怕別人看到妳一樣，現在都坐在圖書館的椅子上看書，有問題還會請教館員。

「不好意思，以前都坐在邊邊的地上看書。」明月有點不好意思的說。

「這倒是沒關係，我們每天也都會擦地，坐地上看書也不會弄髒衣服啦！」圖書館阿姨笑著說道。

「謝謝阿姨這麼關心我、注意我。」明月跟圖書館阿姨點點頭。

「我以前也說過，這年頭會上圖書館的小朋友真的不多，你們是稀有動物，我們要好好保護你們。」圖書館阿姨說到這裡，和明月兩個人哈哈大笑了起來。

圖書館阿姨繼續說道：「而且妳看的書程度很好，這麼小就很有深度，要加油喔！阿姨很看好妳。」

「真的嗎？謝謝阿姨的鼓勵。」明月很感激，連不太認識的圖書館阿姨都會給她鼓勵，這真的太感人了。

「同學，妳除了看書還有別的興趣嗎？」圖書館阿姨問起明月。

「沒有了。」明月老實的回答。

「妳不喜歡寫作嗎？」圖書館阿姨反問著明月。

「沒有注意過，在學校是會寫作文，老師有說我寫得不錯，但是我自己覺得還好啦！」明月謙虛著說。

「妳不要小看我們這個圖書館喔！以前有個很有名的作家朱雲雲，就是常在我們這裡看書，妳看書的時候我老是會想到朱雲雲小的時候，我也是看她長大的，妳可以多留意看看，有沒有自己想寫的東西。」圖書館阿姨好心的給明月建議。

這些話的確在明月的心裡激起一波波漣漪。

08

奇文共欣賞

明月聽了圖書館阿姨的話，真的開始練習起寫作來。

明月這個孩子有點好玩，她剛開始練習寫作的方法是……寫歌詞。這個點子還是徐煜翔提供的。

「為什麼要這樣做，感覺有點多此一舉！」明月不解的問著徐煜翔。

「可是我有一個親戚在出版社工作，她都鼓勵有志於寫作的人去做廣告或是寫歌詞……」徐煜翔這麼說道。

「可是篇幅差那麼多！歌詞才幾十個字，一篇文章是上千個字，怎麼可以相提並論呢？」明月這樣說著。

「因為歌詞要在很短的時間內要打動人心，假如可以在短短的幾十個字打動人，再一組組擴大，自然而然文章就會寫得好了。」徐煜翔轉述親戚的說法。

「好像有那麼幾分道理……」明月自言自語著。

於是她開始蒐集流行音樂的歌詞，研究不同寫詞人的風格，再挑戰同樣的歌曲，她是否能想出更具創意的歌詞。

愈是蒐集這些流行音樂的歌詞，明月就覺得徐煜翔的親戚說得真的很有道理。

「因為歌詞要在幾秒鐘之內抓住人心，要非常精準！」明月在心裡這麼想道。

明月也跟徐煜翔說：「我之前都不會聽流行音樂，覺得那都很膚淺，沒想到研究之後才發覺，每一行有每一行的學問！」

「是啊！我親戚也說，寫廣告詞也是，要在短短的幾秒鐘內抓到人心，這真的很需要功夫……」徐煜翔這麼答道。

「短的能夠抓住，再加上好的文章布局，就可以寫出好作文了。」明月非常高興有這樣的體會。

她還把自己的作品拿給圖書館阿姨看。

「明月，這是妳寫的嗎？」圖書館阿姨不可置信的問道。

明月害羞的點點頭。

「很有架式耶！我就說，每次看到妳在看書，我老是覺得看到另外一個朱雲雲啊！」圖書館阿姨很得意自己慧眼識英雄。

「圖書館阿姨，妳覺得我要加強寫作的話，可以看些什麼書呢？」明月謙虛的請教圖書館阿姨。

「這妳就問對人了！阿姨以前也有作家夢，但是有了家庭之後，再加上工作，根本沒有那個心力去寫作，但是我有很多這樣的書可以給妳，妳都拿去看，就當阿姨送妳的！」圖書館阿姨非常阿沙力的說道。

「不好啦！妳借我就好，以後要還給阿姨，阿姨還是要去完成自己的夢想。」明月搖搖手說著。

「阿姨現在已經調整我的夢想了，我可以不當作家，但是要在這個小圖書館鼓勵可以當作家的孩子！妳完成妳的夢想，就好像完成我的夢想一樣，我會非常高興的。」阿姨滿臉欣慰的跟明月說。

「真的嗎？都要送給我喔！」明月不敢相信怎麼會有這麼好的事情。

「是啊！就都送給妳當參考，以後明月當了大作家後，再幫阿姨好好簽個名，這樣就夠了！」圖書館阿姨非常堅持要把那些寫作的參考書都送給明月。

隔了幾天，圖書館阿姨真的提來兩大袋的書要給明月。

「明月，要不要阿姨幫妳扛書回家？」圖書館阿姨好心的問著明月。

「不用啦！阿姨已經送我這麼多書了！我哪好意思再要阿姨幫我扛書呢？」明

月猛搖頭。

「那妳要讓這些書在妳身邊活得有價值喔！要好好利用這些書，成為一個成功的好作家才是。」圖書館阿姨跟明月打氣說道。

「阿姨，等到我把這些書都讀熟了，我就拿來還妳，這些書可以放在圖書館裡頭，讓其他人也一起分享。」明月這麼跟阿姨建議著。

「這樣也很好啊！但是更重要的是，妳要成為一個好作家，這樣就什麼都值得了。」阿姨鄭重說道。

明月用力的跟阿姨點了點頭。

「阿姨，妳的書裡有好多畫線喔！」明月翻了翻阿姨給她的書，興奮的跟阿姨這樣講。

「是啊！阿姨可是很認真的人呢！」圖書館阿姨自己邊說邊得意的笑著。

明月翻到一張，上面還用紅筆圈了起來，旁邊寫著大大的「重要」兩個字……

「好可愛喔！我很喜歡看人家書裡頭的眉批。」明月這樣跟圖書館阿姨說。

「是啊！好懷念以前讀書、做夢、寫作的日子，妳要趁現在有很多屬於自己的時間，好好完成自己的夢想。」阿姨勸著明月。

「長大難道不能完成自己的夢想嗎？」明月不解的問道。

「大了煩惱多啊！妳這個時候是最簡單、最單純的時候，以後長大了要煩惱怎麼過活，光這點就讓妳煩死了！」圖書館阿姨搖頭嘆息說道。

「喔，我知道了……」明月將圖書館阿姨的意見謹記在心。

明月每天都花上不少時間練習寫作，她覺得寫作比起閱讀更讓她感到快樂。

「為什麼？」聽到明月這麼說的徐煜翔反問明月。

「因為閱讀是讀別人的故事，可是寫作是無限的，我要寫什麼就寫什麼，感覺好自由，從來沒有這樣的感覺過。」明月這麼解釋道。

「就像打籃球一樣嗎？」徐煜翔反問著。

「我沒有打籃球，所以沒有辦法回答你。」明月老實的說。

「我每次打籃球，只要打到很專心的時候，都會感覺好像我不是原來的我，有一個超凡的我在帶著自己打籃球耶！而且常常會有一種意想不到的靈感在帶領我怎麼打，我很難形容啦！反正就是很神就是了。」徐煜翔跟明月仔細描述著自己打籃球的經過。

「有點像耶！我也覺得只要能夠安靜下來寫作，常常在那個狀況裡面，我會寫出不像是我能夠寫出來的句子，我也不知道為什麼！總之，我很享受那個寫作的經過，比閱讀更加吸引我。」明月點點頭同意著徐煜翔。

這一天，級任老師拿了一張影印的紙進來……

「各位同學，老師今天要跟大家分享一篇好文章！」級任老師站在講台上這麼說。

「又要聽老師唸文章了，好煩喔！」有同學在座位上抱怨著。

「怎麼了？」級任老師不解的問著那位抱怨的同學。

「老師每次都唸一些作家寫的文章，他們是作家，寫得好本來就是應該的，唸給我們聽，我們也寫不出來啊！」這位同學不以為然的說道。

「是啊！是啊！」

「我們寫不出來的啦！」

「如果寫得那麼好的話，我們去當作家就好了！」

同學們趁勢你一言我一句的說著對於作文的煩惱。

「各位同學，我早就知道你們會跟我這麼說，老師今天讀的這篇文章，是我們自己班上同學的作品。」級任老師故作神祕的說。

「是誰啊？」

「不要賣關子，直接跟我們說就好了！」

「猜不到啦！」

同學們又在底下起鬨，教室弄哄哄的一片。

「就是不想讓你們先知道，聽完了老師再跟你們說這是誰的作品。」級任老師還是不肯揭露謎底。

「這篇文章的題目是〈我的最愛〉，就是上次老師出給的題目。」級任老師繼續唸著那篇文章。

這個人寫的〈我的最愛〉，一開始就破題說：「我的人生就是我的最愛……」

「這個破題破得非常好！」級任老師非常讚賞這個破題。

然後老師娓娓道來這篇文章的內容，剖析它的精采之處。

「老師，快告訴我們這是誰寫的啦？」

「是啊！別賣弄關子了！」

同學們被老師這麼一解釋，都很想知道這篇文章的作者到底是誰。

「那我們請這位同學自己站起來，好嗎？」級任老師對著台下的同學這麼說。

「好啊！那我們一起股掌歡迎這篇文章的主人是……」老師帶領著班上同學拚命的鼓著掌。

但是鼓到手都拍紅了，根本沒有一位同學站起來。

「老師，妳胡說，這篇不是我們班上同學寫的吧！」

「漏氣了、漏氣了……」

同學們轉而開始嘲笑起級任老師。

「不，這真的是我們自己班的同學寫的作文，老師看到這篇文章也嚇了一大跳！」級任老師認真的點頭說道。

「還是老師就直接說是誰好了！叫他站起來不就得了！」有同學在台下這麼說著。

「老師覺得要讓這位同學自己站起來，他應該以他自己的表現為榮，要趕緊承認自己的作品啊！」級任老師笑道。

於是級任老師繼續帶領著班上同學鼓掌，但是拍了老半天，還是沒有個人影站出來……

「這是怎麼回事？」

「怎麼會這樣？」

同學們的心裡開始起了許多疑問，掌聲也漸漸的弱了下來。

等到大家都不鼓掌了，安靜下來後，只見到一個人慢慢的站了起來……

「這篇文章是我寫的啦！」明月怯生生的說著。

明月這麼一開口，教室裡面一片嘩然，吵成一片。

「怎麼可能啊？」

「是阿醜！」

「她怎麼會寫這麼好的文章，以前怎麼從來沒有聽說過她會寫作文啊！」

這時候有個女同學大聲的說：「阿醜，妳不要想得到大家的掌聲，就隨便站起來喔！」

「老師，這篇文章真的是莊明月寫的嗎？」別的同學問了老師。

級任老師看了一眼明月，她用非常堅定的眼神看著全班同學，宣布說：「是的，的確是明月寫的。」

這一宣布又是一片喧鬧聲，「不可能」的聲音此起彼落。

明月看著班上同學的反應，她一個人站在那裡，顯得有點尷尬。

「我……就是……怕大家這麼說，我才……不敢……站起來的……」明月結結巴巴的說道。

「這真的是明月寫的，她真的把這篇文章寫得很好。」級任老師邊解釋，邊示意要明月坐下。

「是啊！這一定是明月寫的，她之前就在練習寫歌詞，看很多寫作的書，我相信這篇一定是她寫的沒錯！」徐煜翔也站起來為明月說話。

「徐煜翔真的愛阿醜！」

「羞羞羞！男生愛女生！」

同學們轉而嘲笑起徐煜翔，讓徐煜翔滿臉尷尬的站也不是、坐也不是。

「老師還知道明月常常去圖書館看書，我前幾天去圖書館時，那裡的館員還跟老師提到明月，說這個同學真的不簡單。」級任老師對著明月笑道。

「原來阿醜這麼厲害喔！」這樣的聲音開始在教室裡頭迴盪著。

「可不可以……」這個時候明月站了起來。

班上同學好像要仔細聆聽明月說些什麼，就一下子安靜了下來。

明月似乎要說些什麼，又猶豫了起來。

「明月想要說什麼呢？老師還想請妳跟同學們分享，為什麼妳的作文可以寫得這麼好！老師有自知之明，這可不是我教出來的，請跟我們說說妳怎麼寫好作文的，可以嗎？」級任老師跟明月提出這個要求。

「好……」明月羞澀的點了點頭。

於是明月把圖書館阿姨說的那些，還有她自己研究的心得，包括之前聽徐煜翔的建議進而練習寫歌詞的事情，都一五一十的跟同學們分享。

「那些書可以帶來學校借同學們看嗎？」級任老師問著明月。

「應該沒有問題，本來想說看完後放到圖書館，相信圖書館阿姨一定也非常高興可以給班上同學看這些書的。」明月點點頭說。

「明月，妳真的是深藏不露，有這麼厲害的法寶也不讓我們知道。」有同學在底下這麼嚷嚷著。

「沒有……沒有……我一定把我知道的，都跟同學們說的……」明月害羞的說道。

「那同學們也應該對明月好一點吧！」徐煜翔這時候仗義執言了起來。

被徐煜翔這麼一說，其他同學也都啞口無言，因為大家都有點心虛，平常真的常常作弄明月，拿她的長相開玩笑。

「莊明月，妳真的有妳的，算我以前看走眼，對不起喔！」有個平常調皮搗蛋的男同學，這時候站了起來跟明月賠不是。

「我也作弄過妳，我跟妳對不起，請原諒我。」另外有個女同學也站了起來。

一個個同學站起來跟明月賠不是，明月聽著聽著反而有點不好意思。

「明月，妳剛剛想說什麼嗎？」級任老師問著明月。

「沒有……沒有……」明月連忙搖手。

「真的沒有嗎？」級任老師再問了一次，明月還是說沒有。

剛剛明月的確有話要說，卻硬生生的吞了回去，不知該從何說起。

09

剪報

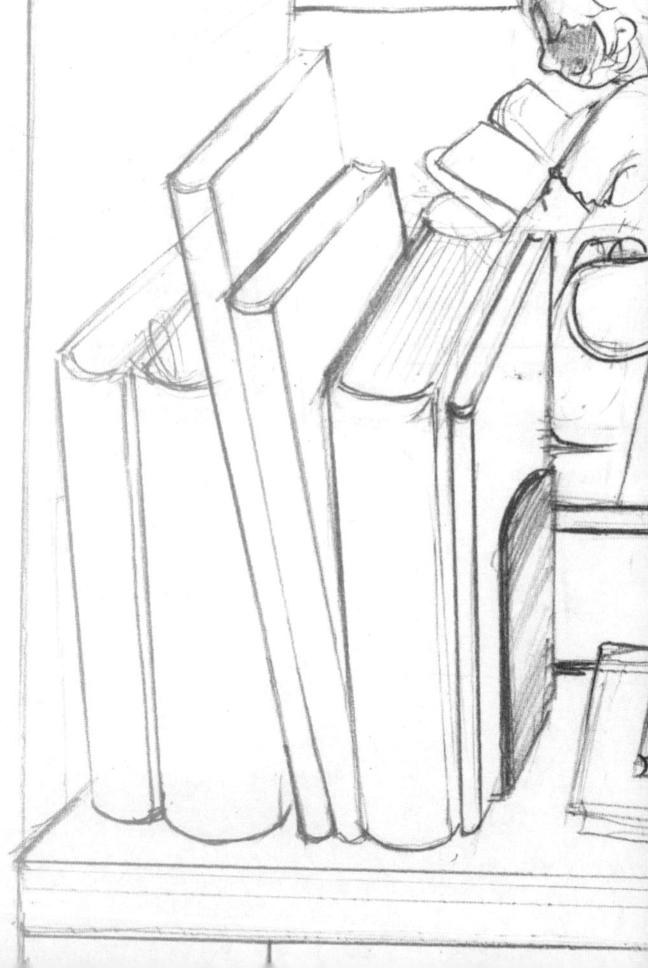

「明月，妳剛才想跟同學們說什麼啊？」下課的時候，徐煜翔問著明月。

明月低著頭小聲的說：「我想請同學們不要再叫我阿醜了，覺得很難聽，其實我並不喜歡這個綽號！」

「那妳剛才怎麼不講！」徐煜翔問著明月。

「我會不好意思。」明月愈說愈不好意思。

「喔……」徐煜翔一下子也不知道該怎麼辦，他做出沉思的表情。

隔了幾天，徐煜翔忍不住去找級任老師，跟她說了明月的事。

「老師，妳可以幫明月在班上說這件事嗎？」徐煜翔問起級任老師。

「其實這樣不是很好的處理方式！」級任老師淡淡的說。

「那要怎麼處理？」徐煜翔不解的問道。

「應該要由明月自己來說比較好。」級任老師這麼說著。

「老師，明月就是沒辦法說出口，我才來找妳的啊！」徐煜翔擺出一副「老師怎麼那麼沒義氣」的表情。

「明月要自己來說，她才會產生屬於自己的力量，懂嗎？」級任老師試圖解釋給徐煜翔聽。

「老師，妳這樣當老師太好混了吧！」徐煜翔有點不以為然的說道。

「哈哈哈！這樣有人身攻擊喔！」級任老師笑著對徐煜翔說。

「本來就是！」徐煜翔的表情有點氣呼呼的樣子。

「老師甚至覺得，你不應該幫明月來找我，而是由明月自己來跟老師談，對她還比較有好處。」級任老師這樣說道。

「為什麼？」徐煜翔此時的不滿全寫在臉上。

「其實你替明月出頭，只是讓明月逃避她該做的人生功課，她只有自己去面對，產生的力量才是屬於明月自己的。明白嗎？」級任老師這麼說時，她好像有點擔心徐煜翔聽不懂的樣子。

而徐煜翔真的也似懂非懂的。

後來徐煜翔去找明月，把級任老師說的這一番話跟明月轉述一遍，明月點點頭說：「我覺得級任老師說的沒錯啊！」

「妳知道老師在說什麼？」徐煜翔不敢置信的叫囂著。

「老師只是希望我能自己面對我的問題，而不是由別人為我出頭，這樣我的確是在逃避沒錯啊！」明月自己這麼承認。

「那妳打算怎麼辦？」徐煜翔問起明月。

「我會先去找級任老師談談。」明月跟徐煜翔這麼說道。

隔了幾天，明月到教師休息室找了級任老師。

「明月，妳來了啊！」級任老師似乎料準了明月會來找她，她招呼著明月坐在她本來的位置上，自己又去搬張椅子過來。

老師從抽屜拿出一張報紙出來說：「我一直等著妳來找我，好把這篇剪報拿給妳。」

「是什麼樣子的剪報？」明月問著級任老師。

「我以前看報紙有看到這篇，一直想說要找來送給妳，後來特別去報社買了份舊報紙，就想把這篇剪報幫妳留下來……」級任老師這麼說道。

明月聽到級任老師這麼煞費苦心，她的心是這麼的溫暖。

「這是有人去蒐集了許多藝術家的成長過程，發現他們都有一個共同特質……」級任老師指著這篇剪報的圖片說著。

「什麼特質？」明月好奇的問道。

「他們在成長過成當中，都會有個很難啟口的祕密或是難堪……」級任老師又指了指剪報上的一張照片。

「這個是？」明月好奇的問著。

「像這個藝術家，她小的時候還被破產的爸爸毛手毛腳……」級任老師還沒說完，明月的表情馬上糾結了起來。

「好可憐喔！」明月這麼說。

「是啊！可是很多藝術家因為成長中的祕密和難堪，就把注意力往內在放，而非外在的花花世界，進而產生很棒的創作。」級任老師跟明月解釋著。

「真的嗎？」明月的眼睛驚訝的圓了起來。

「明月，不要浪費生命給妳的任何試探，這些都是妳以後成功的最大動力！」級任老師鼓勵著明月。

明月點了點頭。

級任老師繼續說道：「老師不是不幫妳……」

還沒等老師說完，明月就緊接著說：「我知道，老師希望我為自己說話，有自己的力量，我知道的……」

「不僅僅是這樣，孩子……」級任老師接著說。

明月抬起頭來定定的看著級任老師，只見她說：「妳要當個作家，就是要有勇氣去說妳相信的事情，這個力量要比別人都來得強烈，妳才能當個好作家，知道嗎？」

明月聽到這裡，感動的點點頭。

離開教師休息室後，明月的心裡就打定主意，要找個時間跟同學們說明自己的想法。

這一天，剛好是明月當小老師跟同學們說明寫作的事情，到了最後，明月清了清喉嚨說……

「各位同學，我有件事想跟各位商量！」明月是這樣起頭的。

「什麼事？」

「明月小老師還有什麼寫作要注意的事情嗎？」

同學們看到明月的神情都豎起耳朵來聽。

「我想請大家幫我一個忙……」明月雖然準備了很久，但是說起這件事，她的語氣還是緊張萬分。

「什麼事啊？」

「怎麼搞得這麼嚴肅啊？」

教室裡面的氣氛開始有點凝結了起來。

「是這樣的……」明月好像還是說不出關鍵字眼。

有同學開始不耐煩著說道：「快一點，好嗎？」

「我們趕著要下課去搶籃球架打鬥牛！」

「有屁快放，好嗎？」國中生的耐性總是有限，同學們的語氣開始有點不好了起來。

「我想請大家能夠尊重我一點，不要再叫我阿醜了，好嗎？」明月這句話是用非常堅定的語氣。

「啊！」同學當中有人驚訝的嘛起嘴來。

有個同學舉手說：「明月，我叫過妳阿醜，可是我以為那是妳的綽號，我沒有惡意！」

「我不知道妳覺得很不舒服耶！」另外有位同學也這麼說。

結果同學們你一言我一句的討論了起來。

「明月，你如果不喜歡我們這樣叫妳，我們就不這樣稱呼妳，妳應該早點跟我們說才是啊！」

「為什麼要忍這麼久呢？」

同學們紛紛發表自己的意見，明月聽起來，她突然覺得是自己不說清楚，不是別人故意要找她麻煩。

「謝謝同學們對我的體諒，謝謝大家……」明月在台上感動莫名。

下課後，明月在川堂碰上級任老師，老師問她說：「剛剛跟同學們說過了嗎？同學們的反應如何？」

明月開心的點點頭說：「大家都同意再也不要叫我阿醜，之前他們並不知道我聽到這樣的稱呼會很不高興。」

「妳看吧！老師就說為自己說話很重要吧！」級任老師這麼跟明月說。

明月用力的點點頭說：「是啊！我知道了！謝謝老師！」

「謝我做什麼？都是妳靠自己的力量替自己說話的啊！要謝就要謝妳自己！」級任老師笑著說。

「是老師讓我知道，替自己說話真的很重要，我以為是同學們在嘲笑我，結果到頭來是我自己沒有替自己發聲，別人也就不知道我的需要是什麼！」明月像隻雀躍的小鳥一樣說著自己的心得。

「是啊！老師就是希望妳能體會到這點。」級任老師欣慰的看著明月，跟她點頭示意。

「真的好快樂！替自己出頭、替自己說話的感覺真的是太好了！」明月有種前所未有的暢快。

「而且靠自己得到的力量，是任何人都沒有辦法拿走的，那就是屬於妳的力量，很棒吧！」級任老師恭喜著明月。

「謝謝老師的教導，謝謝……」明月對級任老師不住的說著謝謝。

「還有一點……」級任老師又跟明月說了件事情。

「嗯？」明月不解的側著頭問說。

「其實整個社會對女生成長過程的教導，變得大部分的女生都對自己的外表、身材沒有信心，告訴妳一個小祕密……」級任老師笑著說。

「有什麼好玩的事情嗎？」明月好奇的問著級任老師，因為老師的表情有點抓狹，讓她更好奇老師要說的內容。

「老師以前有個同班同學，他是個男生，他教別人的追女生高招，就是對付那種很難追的女生，如果男生針對他們身體外貌某項特點攻擊，那個女生通常就會變得很沒自信，就很容易把到！」級任老師這麼說。

「啊！這是什麼理論啊？」明月覺得非常不可思議。

「這個理論就是，在大部分的社會中，大家都會對女生的外型有所挑剔，以致於大部分的女生對自己的外型都是沒有自信的！」級任老師這麼解釋給明月聽。

「我以為只有我這樣，才會對自己的外型沒有信心。」明月這才恍然大悟，原來所有的女生都跟她的心理差不多。

「是的，就是這樣，現在知道這個社會的詭計了吧！」級任老師笑著說道。

「可是我的沒自信應該更嚴重吧！」明月反問著老師。

「不見得喔！老師有一次跟同學去一家瘦身診所，去到那裡的人每個都是瘦子，就是想要更瘦！妳說，她們對自己的外型有信心嗎？」級任老師講得非常認真，就是希望明月能夠明白。

「真的喔？」明月還是半信半疑的。

明月這時候回教室，邊走邊想級任老師說的這件事。

有個隔壁班的男同學竟然沒好氣的叫著明月說：「欸！阿醜……」

就在明月還沒反應過來的時候，班上另外一位男同學就跳出來說：「對不起，我同學不喜歡人家叫她阿醜，請你放尊重一點，不要再這樣叫她了！」

「你們班是怎麼回事啊？所有的男生都給阿醜迷住了嗎？徐煜翔一個人也就算了！現在又有別的護花使者喔！沒想到阿醜竟然這麼熱門！」別班的男同學很沒禮貌的說了一堆話。

「這位同學……」明月也開口了。

明月一開口說話，反而那位隔壁班的同學有點震懾住，他有點意外明月會跳出來說話。

「我有跟班上同學說過，並不喜歡人家叫我阿醜，之前是因為同學們並不知道這樣會讓我不舒服，所以也就起鬨這樣叫我，自從我說過後，大家都很尊重我所說的話，相信你來學校，也是想當一個有教養的人，我相信你以後不會再這麼叫我了吧！」明月慢慢的把自己的意見表達出來。

「喔……是……是的……好……好的……」隔壁班的男同學沒有意識到明月會有這樣的反應，他本來只是無聊、耍耍嘴皮子，沒想到明月說了一番合情合理的話，好像他再硬拗，就顯得他沒教養一樣，他也就從善如流，順著明月的話、照她的意思去做。

這位隔壁班的男同學看似沒有回過神的走回教室去。

明月班上的同學，看到這個場面，都舉起大拇指跟明月比個「讚」字。

這時候明月才真正懂得什麼叫做自信……

「原來自信是別人拿不走的啊！」明月在心裡這麼想著。

回家後，明月也把這個發現跟媽媽分享。

「媽媽，今天我知道這個世界上，唯一能夠批評我自己的人就是我自己！」明月這樣對媽媽說。

「怎麼會突然講到這個？」媽媽好奇的問著明月。

明月就把跟老師、同學的這些過程，全都向媽媽說了一遍。

「是啊！是啊！媽媽也知道這樣，但是很難像明月這樣說得那麼清楚明白！」媽媽跟明月點頭稱是。

「以前別人貶損我，我會受傷，是因為我的心裡的某個部分，是認同對方說的話！」明月很興奮的把自己的發現跟媽媽解釋著。

媽媽同意的點點頭。

「也就是因為這樣，我才會覺得難過，那個難過、那個傷口其實早就在我裡面了。」明月解釋得非常清楚。

「只要我能夠對自己感覺很好，別人的話就再也刺不到我，不是嗎？」明月非常得意的跟媽媽說著這些。

媽媽抓著明月的雙手開心的跳著，她非常高興明月自己可以明白這點。

「媽媽，我要把這些寫出來，讓曾經為別人的話傷心難過的人都能夠明白這點。」明月這樣說道。

媽媽也用力的點點頭，再一次肯定明月的想法。

10 投稿

在級任老師鼓勵明月說出自己心裡想說的事情之後，明月整個人有一種「打開」的感覺。

「好像有些舊的包袱被自己丟掉了一樣！」明月跟圖書館阿姨這樣說著。

圖書館阿姨一直非常關心明月，而且她送給明月的書現在還躺在明月的教室裡，供其他同學一起閱讀。

「我應該找個機會去你們教室看看，我的書有些什麼貢獻？」阿姨這麼跟明月說道。

有一次圖書館阿姨邀約明月去參加一個活動，那是圖書館近幾年認真做的推廣工作，是到偏遠的學校推廣閱讀。

「明月，這個月輪到阿姨去，時間都是假日，妳要不要跟我一起去看看！」圖書館阿姨邀約著明月。

「好啊！阿姨，這是一個很有意義的活動，我想跟妳去參加。」明月非常開心，自從自己心上的石頭被自己丟開之後，明月也變得不害怕跟人接觸。

假如在以往，阿姨這樣邀約明月，明月一定想都不想，當場就回絕了。

但是現在，明月開始會去擁抱新事物，「即便受到傷害，也比關在自己的籠子裡好些。」明月這麼想著。

在爸爸、媽媽的答應下，星期日明月準時到圖書館，和阿姨一起前往偏遠鄉村推廣閱讀運動。

「這台車子好可愛喔！」明月看到圖書館準備的推廣閱讀車停在廣場上，忍不住歡呼了起來。

「是啊！這是我們圖書館改裝的推廣閱讀車喔……」圖書館阿姨非常得意的介紹著這台車。

「為什麼要改裝成這樣啊？」明月問了起來。

「因為偏遠鄉村的小朋友沒有什麼機會來圖書館借書，圖書館離他們住的地方都太遠了，所以我們改裝了一台車，把想要介紹給小朋友的書都裝在車上，直接送到偏遠的鄉村，小朋友就可以在住的地方看書，也就達到我們推廣閱讀的目的了！」圖書館阿姨解釋著。

「這個構想好棒喔！」明月拍著手說。

「等等要麻煩妳，很多小朋友會需要別人替他們讀書，明月要多幫忙囉！」圖書館阿姨說道。

「希望他們不會被我的臉嚇到！」明月跟圖書館阿姨這樣說。

「明月，妳已經改變許多了，再也不是那個縮在自己殼裡的明月，相信妳一定可以處理得很好！」阿姨鼓勵著明月。

「嗯嗯……」明月點了點頭。

從圖書館到今天要去的鄉村，開車要開上兩個半鐘頭，而且都是開山路，明月在車子裡頭震得快要吐了。

好不容易晃啊晃的，終於開到了他們今天要到的村落，只看到一大堆的小朋友已經等在廟前面的廣場上等著，一看到圖書館的車子，馬上簇擁而上，非常歡迎他們的到來。

「這麼受歡迎啊？」明月驚訝的問著阿姨。

「妳不知道喔？我們可是很熱門的呢！」阿姨得意洋洋的說道。

明月跟著圖書館阿姨，把折疊桌椅搬到廣場上，還把遮陽的大陽傘也一頂頂的撐好，就為了讓小朋友們讀書時，有個舒適的環境。

「姊姊，可以幫我讀這本書嗎？」有個怯生生的小朋友，看起來應該還沒有讀小學，拿著一本圖畫書找明月，希望她能夠讀給他聽。

明月非常驚訝小朋友完全不在意她的臉龐，他的臉上充滿了渴望有人讀書給他聽的表情。

巧合的是，那本書正是《鐘樓怪人》的圖畫書版，明月對這個故事簡直是耳熟能詳，於是她用非常豐富的語氣、表情，將故事讀給小朋友聽。

「可以再讀一個嗎？」小朋友聽完《鐘樓怪人》後，一臉意猶未盡的模樣，就央求明月再為他讀一本書。

明月爽快的答應了。

小朋友還自己去找了其他同伴來，就看到明月這次讀故事書時，周圍圍著四、五個小朋友，專心的仰賴明月讀書給他們聽。

「姊姊，要怎麼才能夠像妳一樣，認識這麼多字呢？」有個小朋友滿臉羨慕的神情，向明月問起這件事。

「只要圖書館的車子來了，你們就來讀書，久了之後，你們自然而然可以認識很多字了。」明月這麼說道。

「可是我爸爸說，認識字沒有用啦！」另外一個小朋友這麼說。

「怎麼會沒用？讀書可以幫助我們擴展視野，像姊姊……」明月看到他們童稚的臉龐，只想到要盡量鼓勵孩子們，她拿出自己做例子。

「姊姊的臉上這個胎記，讓姊姊以前非常沒有自信，都是書和圖書館陪伴著我，讓我走出自卑的陰影，現在才有勇氣站在你們的面前，讀書給你們聽，讀書怎麼會沒用呢？」明月反問著小朋友。

「別人會笑妳喔！」有個小男生摸了摸明月的臉龐，這麼問著明月。

「是啊！他們都笑我叫做阿醜！」明月淡淡的說著。

「對！別人都很喜歡笑別人……」有個話都還說不好的小女生，跟明月點點頭肯定她的說法。

「但是姊姊從閱讀當中體會到，這個世界上唯一能夠笑我們的，只有我們自己而已……」明月試圖用簡單的方式，來描述自己的想法讓孩子們聽懂。

那一天，明月有一種前所未有的感受，在回來的路上，明月跟圖書館阿姨分享著：「他們都好渴望新知！」

「是啊！偏遠學校的孩子，資源比較少，每次我們來的時候，他們都好熱情，希望盡量知道一些新東西。」圖書館阿姨點點頭說。

「我們真的太幸福了！人在福中不知福！」明月感嘆的說。

「是啊！每次看到圖書館裡頭小貓兩三隻，我就覺得很對不起這些偏遠學校的孩子，他們是想看書都還沒那麼容易。」圖書館阿姨這麼說道。

「阿姨，以後還有這樣的機會，請一定要找我，我很喜歡幫忙讀書給其他小朋友聽。」明月跟圖書館阿姨懇求著。

「當然，當然，我一定不會放過妳的，我們可是很缺人手幫忙。」圖書館阿姨笑著說。

明月自己這才發現，這是第一次她到一個新環境，那裡的人對於她臉上的胎記完全沒有投以異樣的眼光。

「今天真的沒有人說到我臉上的胎記耶！」明月這才想了起來。

「原來還是有地方完全不在意我的臉……」明月這麼自言自語著。

這次的經驗帶給她全新的感受，她很感動，也把這樣的經過，寫成一個小故事，是個類自傳的故事，叫做《說故事的人》。

「老師，妳可不可以幫我讀讀這個故事！」明月把完成的內容，請級任老師幫她看看。

「妳寫了一本小書啊？」老師驚訝的問著明月。

明月點點頭。

「看起來很不錯呢！」級任老師非常敬佩明月的速度，馬上可以寫出一本書來。

「那天跟圖書館阿姨去偏遠的學校服務，有感而發，所以寫得很快。」明月跟老師解釋著。

「我看一下，再跟妳說……好期待喔！第一次有我的學生，不是因為出作業，自動自發的寫了本書給我看！」級任老師笑著說。

「真的嗎？」這次換明月驚訝了。

「是啊！學生們每次只要聽到要寫作文，就好像什麼苦差事一樣，盯著作文簿老半天，一個字也寫不出來……」級任老師描述著她常看到的景象。

明月聽了都笑起來，她記得這樣的場景常常在班上看到。

老師繼續說著：「要不然就是手指壓著眉心，一臉愁容，聽到聯絡簿的小日記要寫一百字，就在那裡抱怨為什麼不是寫五十字。」

說到這裡，明月和老師都笑到不行。

級任老師拿了明月的小書回家讀了後，有天她找了明月到教師休息室來……

「明月，老師真的很喜歡妳寫的這個故事，妳要不要拿去投稿呢？」級任老師問起明月。

「投稿？太……太……遙遠了吧！我還是個學生而已……」明月說到這裡，滿臉不好意思的模樣。

「不會耶！我讀妳的故事覺得很感動，為什麼不跟其他人分享呢？」級任老師問著明月。

「還是不好吧！」明月真的覺得自己的程度沒有那麼好，現在就去投稿好像班門弄斧。

「真的不會，老師是跟妳說真的……」級任老師不放棄的勸著明月。

「老師，謝謝妳，可是我真的覺得我還不到那個時候……」明月愈說愈是不好意思，好像自己在往自己臉上貼金一樣。

「沒關係，妳可以回家再想想，老師是鼓勵妳盡量嘗試，不要自己綁住自己。」級任老師還是這樣說道。

儘管老師說得很認真，可是不知道為什麼，在明月的耳朵裡聽起來，老師就是在盡一個老師的責任……鼓勵學生罷了！

「我沒有老師說的那麼好啦！」明月在心裡跟自己這麼說。

結果有一天，明月到圖書館借書，打開袋子正要把書放進袋子裡時，從裡面掉出一疊紙……

「《說故事的人》……明月這是妳從哪裡影印來的故事啊？」圖書館阿姨好奇的問著明月。

「那……那是……我自己……寫的……」明月靦腆的回答。

「借我看，好嗎？」圖書館阿姨興奮的問道。

「好啊！阿姨不嫌棄的話，可以請阿姨幫我看看！」明月跟圖書館阿姨這麼說。

結果下次明月去圖書館時，阿姨問起她來：「明月，妳要不要投稿看看，我覺得妳寫得很不錯呢！」

「沒有啦！我真的沒有寫得很好！」明月還是害羞的搖搖頭，一直說她寫得還不算好。

「妳有沒有讓其他人讀過這本小書？」圖書館阿姨問著明月。

「有請級任老師幫我讀過而已，再來就是阿姨了。」明月老實的回答道。

「老師怎麼說？」圖書館阿姨好奇的問著明月。

「老師……要……我……投稿。」很奇怪，一說起這件事，明月就結巴了起來，說話斷斷續續的。

「是啊！妳看！英雄所見略同。」阿姨拍了一下桌子興奮的說道。

「可是……」明月抿著嘴說。

「妳沒有這麼做嗎？」圖書館阿姨好奇的問著。

「嗯……」明月點了點頭。

「好可惜啊！」圖書館阿姨惋惜著。

「不會啦！我還小，可以再繼續練習。」明月一直這麼堅持著。

圖書館阿姨聽明月這麼說，也就不再堅持著。

到了同個週末的圖書推廣日，明月又跟圖書館阿姨到另外一個鄉村推廣閱讀。這次的路程更遠了，明月到達目的地時，感覺腳都有點站不穩……

在忙完整理桌椅的工作，明月開始幫小朋友讀故事書時，隔壁桌的圖書館阿姨也開始讀起書來……

可是明月的耳朵不知道為什麼，竟然聽到阿姨唸的故事，聽起來好熟悉啊……

「這不是我寫的《說故事的人》嗎？」明月在心裡一驚。

圖書館阿姨好像發現明月注意到她唸的故事，她促狹的跟明月眨了眨眼睛，示意她知道她發現了。

明月害羞的點了點頭，繼續跟小朋友讀故事書，但是眼睛一直往圖書館阿姨那

裡飄著。

等到整個活動結束後，圖書館的推廣車要回去時，圖書館阿姨這時候問起剛剛在她身邊的這群小朋友說……

「小朋友們，剛剛阿姨讀的《說故事的人》這本書好不好聽啊？」圖書館阿姨突如其來的這番話，讓明月的心跳慌亂到不行。

「好聽、好聽！」

「很棒啊！」

小朋友們爭先恐後的說著肯定的語句。

「你們知道嗎？那本書的作者就在這裡喔！」圖書館阿姨吆喝著，明月恨不得找個洞鑽下去。

「啊！真的嗎？」小朋友們聽到這裡，開始騷動了起來。

「是啊！就是我們旁邊的這一位……莊明月同學！」圖書館阿姨往明月這裡一指，只聽到「哇」「喔」的聲音不絕於耳。

「姊姊，妳怎麼剛才不讀妳寫的故事給我們聽呢？」在明月這裡聽故事的小朋友們問起明月，明月也不知道該怎麼回答起。

「下次來要唸妳自己寫的故事給我們聽喔！」有個小朋友這麼跟明月說道。

明月不好意思的點了點頭。

「打勾勾！」小朋友舉起手來，明月也伸出手跟他勾起手指。

明月這才發現，表面上是她在服務這些小朋友，但是實際上她被小朋友們鼓勵到的更多！

11

暑假作業

緊接著國二升國三的暑假快到了，級任老師竟然預告要出一個暑假作業，是前所未聞的……

「這個暑假，你們要做一本小書，題材可以任選！」級任老師宣布了這個暑假作業，台下一片哀鴻遍野。

「老師，我們都要升國三，要準備高中升學考試，還要出這麼重的暑假作業嗎？」

「不是應該好好讀書才對？」

「就是嘛！」

同學們對於這項作業實在不能接受，還有人小小聲的說著：「聯絡簿一百字的小日記都寫得很痛苦了，竟然還要寫出一本來！」

「我知道，你們都巴不得小日記只要五十字就好！」級任老師揶揄著說道。

「對啦！老師妳是知道的啊！」同學們異口同聲的說。

「不管要不要升學，老師覺得學生都要有比較好的組織能力、語文能力，好好表達自己的意見，所以這個暑假作業是必要的！」級任老師一點退讓的意思都沒有。

「喔……」同學們一片哀號聲。

「我們不應該被升學考試綁架了，該學的東西還是要學，不能說考試沒考就不在意！」級任老師「正義凜然」的表達了她的看法。

「我們以後又不是每個人都要當作家，為什麼一定要寫出一書來呢？」有同學反問著老師。

「以前老師在讀大學時，也問過我的教授，我又不是要留在學術單位做研究，為什麼大學畢業也要寫出一本短篇的論文呢？不過……」級任老師轉身在講台畫起簡單的圖畫來。

「我的教授說，平常上課的學習都是一則一則的，就像老師畫的這樣，但是真要去寫篇論文，或者像你們這樣要去寫本小書，就要把自己學到的知識融合，提出一種新的看法和態度，這個過程是非常重要的。」老師苦口婆心的跟同學們解釋清楚。

「真的不能不寫嗎？」末了還是有同學不死心的問了一次。

「不行，就是要寫！」級任老師堅持著。

最後，在暑假開始前的幾分鐘，老師還發給同學們這本小書的格式，以及必須完成的最少頁數，同學們在心不甘情不願的心情中開始了這個暑假。

「明月，一定是妳寫了那本《說故事的人》，讓級任老師有這樣的想法啦！」往校門口走的方向，有同學這麼跟明月抱怨著。

因為明月那本《說故事的人》，級任老師後來有傳給同學們看過，只是那時候同學們沒有想過有一天自己竟然要寫這樣的暑假作業。

明月先是在心裡想著：「同學們現在最起碼會叫我的名字了，以前跟我抱怨起來一定會叫我阿醜。」可是面對同學們的抱怨，明月也只能抱以苦笑。

明月此時此刻的煩惱跟其他同學們不一樣，大家煩的是要寫什麼？明月則是在想要寫哪一本好呢？因為明月想寫的題材太多了。

「試著來寫點不一樣的好了！」明月在心裡這麼想著。

她去圖書館的路上遇到了同班同學小米，這個女同學在班上皮得跟男生一樣，但是明月心裡非常欣賞她，總覺得她有種俠義之氣，以前同學們作弄她時，小米也會跳出來替她打抱不平。

「明月要去哪裡啊？」小米問起明月。

「我要去圖書館，小米妳呢？」明月反問小米。

「要去網咖！暑假是我少數可以玩網咖的時間，媽媽讓我每天可以去玩個兩小時的網咖，我要好好把握暑假這段時間。」小米開心的說道。

「為什麼不在家裡玩線上遊戲，要去網咖玩呢？」明月不解的問著小米。

「這妳就不懂了！哈哈！要不要跟我去瞧瞧呢？」小米邀約了明月。

「我從來沒有去過網咖，我這樣去網咖好嗎？」明月指著自己的臉，她想在網咖待的應該都是些「死孩子」，這樣的人最喜歡嘲笑別人的，不是嗎？

「拜託！每個人專心看著電腦螢幕玩都來不及了，誰會注意到妳的臉啊？」小米悻悻然的對明月說道。

「好啊！我沒有去過網咖，就請妳帶我去好了！」明月對小米這麼說。

小米帶明月前去的網咖，是一間還滿乾淨，感覺「氣質」還不錯的網咖。

「怎麼跟我想像中的網咖不一樣？」明月問著小米。

「我媽媽有來這間看過，她有跟我說好，要玩網咖只能來這家，媽媽不喜歡別間網咖老是暗暗的，在那裡的人也怪怪的。這間網咖雖然貴一點，但是就整理得比較乾淨，出入份子也都是學生，不是其他怪怪的人。」小米跟明月解釋道。

「喔！原來還有這種的……」明月嘖嘖稱奇的說著。

兩個女學生挑了一個靠窗的位置坐下，明月這才搞懂了為什麼有人喜歡在網咖而不是在家玩遊戲。

「這裡會有其他的玩家可以討論，真的比較熱鬧。」明月把自己的觀察心得跟小米說。

「是啊！很多同學一起來時更好玩！」小米跟明月點點頭。

明月沒有在玩線上遊戲，所以她坐下來也只買了一個小時，幾乎都在看小米玩而已，自己根本玩不上來。

可是她看小米玩一個武俠的線上遊戲，她覺得裡面的人物好單薄，音樂和畫面也都很粗糙，不知道小米怎麼可以玩得那麼高興。

過了一個小時之後，明月就離開了網咖，照原定計畫到圖書館去。

只不過這一趟下來……明月突然想寫一本武俠小說，是帶點奇幻色彩的。

明月看到小米整個人都好像要鑽進螢幕裡去，她想以小米為主角，寫一個國中生掉進武俠線上遊戲裡面的武俠小說。

「這樣的小說應該會很有意思！」明月在心裡這麼想著。

明月在圖書館、書店裡，都找不到類似的小說，更加讓她想寫作這樣的題材。

明月說到做到，回家馬上開始振筆疾書起來……

或許是因為她真的很欣賞小米的個性，也或許小米的身上有許多明月羨慕的特質，總之明月寫起這個武俠小說可說是欲罷不能，每每不能停筆，而且寫到自己笑得要命。

「明月……」房門口傳來媽媽敲門的聲音。

「喔，來了！」明月趕緊去開門。

媽媽有點擔心的問道：「怎麼這麼晚了，還不睡覺呢？」

「在寫一個小說啦！」明月對媽媽笑著說。

「笑成這個樣子，還好吧！」媽媽擔心的問道。

「沒事啦！只是寫的同時，會想到同學小米的表情，就覺得很好笑！」明月說著說著又大笑了起來。

「有鄰居來跟媽媽說，要注意一下妳的狀況，晚上都聽妳一個人笑得很大聲！」媽媽這樣說道。

「什麼？會有鄰居來跟妳說我笑得很大聲嗎？」明月驚訝的問著媽媽。

「是啊！他們說妳晚上都笑得很大聲，是不是怎麼了？」媽媽轉述鄰居的談話。

「太扯了吧！那我是要笑小聲一點嗎？」明月不敢相信竟然有這種事情。

「不要這麼激動，人家也是好意！而且晚上聲音比較少，可能就會顯得妳的笑聲比較大吧！」媽媽好意的解釋鄰居的行為。

「媽媽，妳不會不開心我都在寫小說卻不讀書吧！」明月好奇的問著媽媽。

「這倒不會！媽媽不是說過，妳做什麼事情，只要不違法，媽媽都是贊成的，寫小說又不是壞事情！」媽媽笑咪咪的說著。

「那就好！同學們都忙著補習，只有我還好好的放暑假！」明月非常感激媽媽的開明。

「其實現在學校那麼多，媽媽只要妳開開心心的長大，功課不要太爛就好了！妳也都有做到。」媽媽欣慰的說道。

「謝謝媽媽，等我寫好這本小說，一定會拿給妳看！」明月跟媽媽這麼說。

隔了幾天，明月把部分內容先拿給徐煜翔讀，在速食店裡，徐煜翔才讀了幾個章節，就哈哈大笑的問明月：「這個武俠小說的女主角是小米嗎？感覺跟她很像啊！」

「是啊！小米帶我去網咖見識、見識，才有這個靈感。」明月馬上點頭如搗蒜，同意徐煜翔所說的。

「妳有拿給小米讀嗎？」徐煜翔促狹的問著。

「我打電話問過她，她說她不愛看字！」明月搖搖頭說道。

「這倒也是，她一直比較愛打電動！」徐煜翔可以理解的點了點頭。

「你覺得這本武俠小說好看嗎？我想找個男生來問問，要不然我是一個女生，怕寫出來的武俠小說太偏頗了。」明月好奇的問徐煜翔。

「很好看耶！妳真的很厲害，每個人物都被妳寫得活靈活現的。」徐煜翔這麼對明月說。

「那就好，我可以繼續寫下去！」明月滿心歡欣的說。

「妳要對妳自己有信心，妳行的啦！」徐煜翔對明月比了比大拇指。

就在這個時候，明月和徐煜翔聽到轉角的位置有人坐了進來，而且一坐下來就大聲的嚷嚷：「都是我們班的阿醜害的，要不然老師也不會出什麼小書的暑假作業要我們做！我現在都想破頭了，還是不知道該寫些什麼！」

另外則是一個男生的聲音回應說：「對啊！她真的很煩！」

明月和徐煜翔一聽就聽出來那兩個聲音是班上的美美和國強。徐煜翔才聽到他們兩個說的，就氣得想要去旁邊轉角那桌找他們兩個算帳。

明月趕緊拉住徐煜翔。

「為什麼不讓我去？」徐煜翔氣呼呼的問著明月。

「算了啦！」明月搖搖頭說道。

這個時候就聽到那一桌又傳來男生的聲音說：「美美，可是那時候妳還跟明月對不起，說以後不會再叫她阿醜了，怎麼妳現在背著她又這麼亂叫，這樣好嗎？小心妳習慣了，看到她還是叫她阿醜。」

「我那時候只是想表現給老師看啊！在我心裡阿醜永遠都是阿醜，她再會寫作文又怎樣？當大作家嗎？我媽媽說夢想是不能當飯吃的，做人要實際一點，女孩子長得漂亮才是最重要的。」

「不過徐煜翔好像真的喜歡上她了，他老是替明月出頭。」國強這麼對美美說道。

「他能保護阿醜一輩子嗎？阿醜還是要靠自己啦！」美美冷冷的說。

這一頭徐煜翔已經氣到要火山爆發了！但是明月還是拉著他，要他別去「興師問罪」！

明月和徐煜翔就默默的待到美美和國強都走了，兩個人才隨後走出速食店。

「為什麼不讓我去跟美美說清楚呢？」徐煜翔沒好氣的問著明月。

「這樣撕破臉，好嗎？」明月不解的問著徐煜翔。

「我最討厭這種說一套、做一套的人，美美太過分了！我真的不明白，妳怎麼不會生氣？」徐煜翔反問著明月。

「這個世界上本來就很多各式各樣的人啊！」明月笑著說。

「欸！他們說的人是妳耶！他們在說妳的壞話耶！小姐！」徐煜翔大聲的問著明月。

「不知道啊！自從在寫小說之後，因為那種創作的喜悅真的是非常飽滿！讓我對這種事都覺得沒什麼了？」明月試圖解釋自己的狀態。

「明月，妳是寫小說寫到境界高超了嗎？妳都變得沒有脾氣了嗎？」徐煜翔不可置信的問道。

「不是沒有脾氣啦！只是……」明月還沒說完就被徐煜翔的話給打斷了：「那妳如何讓自己不生氣呢？」

「我可以把他們寫進書裡面啊！這樣我的小說就變得更為豐富了！」明月賊賊的笑著說道。

「哈哈哈……竟然還有這招，的確是、的確是，這樣的確可以……」換成徐煜翔賊賊的笑著說。

「是啊！自從開始寫小說之後，就發現很多事都不用那麼氣，反正都可以寫進小說裡頭，幫小說增加豐富。」明月說明著。

「對耶！要不然也沒有什麼好寫的，是嗎？」徐煜翔點頭同意、頗有同感的說道。

「所有的不愉快、不高興、汙衊、詆毀……好像都會變成小說裡面的色彩，我總不能只寫好的，這樣小說也不好看啊？」明月淡淡的說著。

「對耶！我有時候對別人很生氣，就把那個人想成籃球，在籃球場上猛扔那顆球，我就好多了！」徐煜翔想起來了這麼說。

「圖書館阿姨說，這叫做轉化，透過閱讀……等等的方法，我們是有能力，把負面的事物放上正面的框架！」明月跟徐煜翔解釋起來。

「可是我還是很生氣他們老是把我們兩個的關係說成這樣！」徐煜翔不開心的說著。

「久了他們就會明白了！」明月安慰著徐煜翔。

「我希望我們兩個到老都可以當好朋友。」徐煜翔這麼說著。

「我沒有希望自己活到太老耶！」明月這麼說道。

「反正我希望可以當很久、很久的好朋友，像我們這樣真的很不容易，曾經大吵過，可是還是能夠當好朋友。」徐煜翔邊回想邊說著。

「嗯……這個我也可以寫進書裡面……」明月笑著說。

「可以啊！只要不要把我寫成美美和國強那樣就好了！我要當小米的同伴！」

徐煜翔跟明月兩個人說到這裡都哈哈大笑起來。

12

武俠小說

過了暑假之後，明月交了一本暑假作業的「小書」。那本老師指定的「小書」，竟然被明月寫到十五萬字！

明月把這本武俠小說打好字，送到離家最近的大學附近的影印店，印出來像是論文的一整本，總共要印出來五大本才把這十五萬字給印完。

「明月，這是妳的暑假作業嗎？」級任老師問著明月。

明月點了點頭說：「《蝴蝶與小花》這本小說是我的暑假作業！」

「老師只要你們寫本小書而已啊！」老師驚訝的問著明月。

「我知道，只是一發不可收拾，就寫了十五萬字出來。」明月笑著跟老師說。

「哇！老師不好好拜讀的話，好像也很對不起妳。」老師搖搖頭、不可置信的說道。

其實明月的《蝴蝶與小花》，蝴蝶指的是小米，而小花則是以徐煜翔為範本，但是看過的人都笑個半死，覺得這本武俠小說簡直是妙透了。

「妳沒有把我寫得很不好吧！」小米緊張的問著明月。

「還有我，妳應該沒把我寫死吧！」徐煜翔也湊了過來問明月。

「我把你們兩個寫成武功高強的俊男、美女，這樣總行了吧！」明月笑著說道。

「真的嗎？」小米斜著眼睛、不相信的問著明月。

「我要讀過之後才相信！」徐煜翔也半信半疑的。

結果級任老師趁著開學那個週末，硬是把這十五萬字的《蝴蝶與小花》給讀完，還自己跟明月要了電腦檔案，又去多印了兩套出來。

第二天上課，明月的級任老師迫不期待的拿《蝴蝶與小花》跟同事們「奇文共欣賞」一番。

「這是我班上的莊明月的暑假作業！這輩子我收過最開心的暑假作業，你們看一下……」級任老師在教師休息室裡頭吆喝著。

「暑假作業一寫就寫了十五萬字！」

「別嚇死人了！」

「妳學生怎麼這麼捧妳的場啊？」

連老師們都不敢相信，這年頭竟然有這種事情。

「那孩子不是捧我的場，而是她很愛寫作，但是一寫就寫了十五萬字，這也是前所未聞的，週六和周日兩天，我在家裡讀過，是真的寫得很不錯，想請同事們也一起看看，給我一點意見，想幫她找出版社看能不能出版這本武俠小說。」級任老師說著她的計畫。

「好啊！如果我們這所國中能夠在讀書的時候就出個作家，那我不知道會有多高興呢！」有個老師這麼說道。

幾位有興趣的老師，也趁下課的空檔，把明月的《蝴蝶與小花》讀完。

「怎麼樣？」明月的級任老師緊張的問著大家。

「很好看耶！」有位老師這麼回應著。

「以前看學生的作文真是一種苦差事，但是這次讀也是讀得很累……是眼睛累，看得手不釋卷，停都停不下來。」另外一位老師大力稱讚著明月的《蝴蝶與小花》。

「真的嗎？那真的不是我老王賣瓜，因為是我自己學生寫的我就捧場囉！」級任老師非常高興的說道。

「妳不用擔心，妳學生真的很棒，寫得很好。」說讀到眼睛累的老師這麼回答明月的級任老師。

於是明月的級任老師興沖沖的把明月的作品投到幾間大出版社，她同時等著有出版社來找她談明月的《蝴蝶與小花》。

一個月過去了，連下次的月考都要到了，還沒有一家出版社有跟老師聯絡，一點影兒都沒有。

「難道是我的聯絡地址、電話有誤嗎？」級任老師不相信的自言自語。於是她拿起電話筒，直接打到出版社去問。

「對不起，莊明月的《蝴蝶與小花》並不符合我們出版社的出版方向，我們沒有辦法出版。」明月的老師得到的回覆幾乎都是這樣。

「老師，沒有關係的，我可能寫得還不夠好，所以沒有出版社願意出版。」明月這麼跟老師說，她也難掩失望之情。

「誰說的？所有的老師、同學讀過妳的《蝴蝶與小花》，都覺得這是幾年來，他們看過最好看的作品之一，怎麼會說妳寫得不好呢？」級任老師有點激動的跟明月說道。

「可是出版社都不喜歡啊……」明月說起這話，也流露出幾分失望的神情。

「出版社不喜歡，並不表示妳的作品不好，或許是他們沒有眼光！」老師認真的對明月說這話。

「可是會這麼巧嗎？大部分的出版社，特別是大出版社都不喜歡我的小說，有這麼巧的事情嗎？」明月不明白的問著。

級任老師也回答不出個所以然。

過了幾天，老師約了一個同學的太太，她人在一家頗具知名度的出版社工作，級任老師約她出來聊一聊，想說藉此瞭解一下台灣出版的生態。

「十五萬字，太多了吧！」這位同學的太太一聽，就覺得這本書很難做。

「為什麼？」級任老師好奇的問道。

「這樣一定要做成上下冊，而且兩冊都很厚，這年頭讀者都喜歡讀些比較輕薄的東西，很少有出版社會一開始就願意對一個新人下這麼高的賭注，況且還是這麼厚的書，那個印刷成本下去，一定要有回收的可能，他們才願意這麼做。」同學的

太太稍稍解釋給級任老師聽。

老師一聽，也就明白，了然於胸。

「可是莊明月同學真的寫得很好啊！」級任老師回到學校後，把這件事講給其他同事聽，同事們都很肯定明月的《蝴蝶與小花》真的寫得很好。

級任老師並不打算跟明月說明這些，她只想繼續找找看，有沒有願意出版明月的小說的出版社。

「老師，會不會太麻煩妳了？我只是交個暑假作業，等到寒假都要到了，妳還在忙我這本暑假作業的事情。」明月不好意思的問著級任老師。

「妳看不出來嗎？明月？老師已經成為妳的讀者，妳的粉絲了！」級任老師笑著說道。

「謝謝妳！或許我應該跟其他同學一樣，專心準備升學，而不是把心思放在小說寫作上面。」明月低著頭說。

「讀書重要，創作也很重要！衝著我這個讀者，妳也要加油啊！」級任老師繼續鼓勵著明月。

「會不會我們自己把事情想得太好了！根本跟現實脫節了？」明月問著老師。

「妳真的寫得很好，我相信有很多人正等待這樣一本書的出現！」級任老師肯定的說著。

於是明月的級任老師非常認真的、照著電話簿上出版社的電話號碼，一家家的打去詢問，看有沒有機會讓她介紹明月的小說《蝴蝶與小花》。

結果電話打了一輪，還是沒有出版社願意出版這本書。

「一定要讓他們知道老娘的厲害！」明月的級任老師，是那種個性非常硬的人，愈是挫敗，她反而愈想要挑戰。

「大不了，我把存款拿出來出版好了！」級任老師在辦公室這樣說著。

「別這樣啦！」

「可不要做傻事……」

教師休息室裡，大家紛紛勸著明月的級任老師別這麼衝動，就算她把書出版了，不懂行銷，也不會有很多人認識明月的作品。

「難道要我跟我的學生說，對不起，我們要認命！這個世界就是這樣，夢想不能當飯吃的，要這樣嗎？」級任老師咬牙切齒的說道。

「不是這個意思，我們是想，不是要認命，而是要等待！」有位老師勸著明月的級任老師。

這句話出來，倒是真的「戳」到了明月的級任老師。

「或許是我太心急了！」級任老師終於肯面對事實，現在就是沒有人願意出版明月的作品。

「每個作品都有它的生命力，相信這本書一定是在等待適合的方式跟讀者見面！」坐在教師休息室最角落、很少說話的一位老師說了這麼一句話。

「是啊！或許什麼都不做，也是一種方式！」級任老師有種醍醐灌頂的感覺，她想或許等一等，會有奇蹟也說不一定。

「老師，沒關係的，有這麼多的老師、同學肯定我，已經讓我很滿足了！」明月聽了老師的解釋後，她反而反過來鼓勵老師。

「不……老師相信，妳一定會被社會知道，妳是一個好作家。」級任老師堅定的對明月這麼說。

「或許要當一個作家，要具備更多的才能，我可能還不夠格！」明月搖搖頭說道。

「妳現在已經是一個作家了！」級任老師肯定的對明月說。

老師的眼神，讓明月很感動，也有種被支持、被瞭解的感覺。

「明月，不要難過，雖然現在還沒有出版社願意出妳的書，我相信再慢慢找，一定會找得到的。」小米自從當了「女主角」之後，由於同學們的反應非常正面，她也很開心有這個機會，讓明月可以拿她做範本，寫出一本小說出來。

「當然囉，我是第一男主角，相信這本書一定會轟轟烈烈的出版！」徐煜翔非常「臭屁」的這麼說。

結果有一次，級任老師按著電話簿打電話，有家出版社願意出版明月的作品，還說一開始就要先結個五千本的版稅給明月，讓級任老師好不開心，她在辦公室裡興奮的其他同事分享。

「妳這樣會不會高興得太早了？」

「這年頭騙子很多啊！」

社。

「真的錢拿到手了再說吧！」幾位正在泡茶聊天的老師，你一言、我一句的勸著明月的級任老師。

果然，隔了幾天，級任老師依著電話簿上面的地址前去，竟然找不到那家出版社。

「真是夠了！這樣也可以騙人！」級任老師氣呼呼的抱怨著。

「老師，妳也要小心一點，還好妳沒有在那裡遇上壞人，要不然就更危險了！」明月反而替老師的安危擔心。

「這年頭怎麼搞的？大家閒著沒事就騙人嗎？」老師還是很生氣。

「這幾天我想了一下，既然還沒有找到適合的出版社，我可以繼續往下寫我想寫的《蝴蝶與小花》的下集！」明月跟老師講道。

「也是，既然大家一片叫好聲，妳可以繼續寫，等到出版社有進展了，就能夠一塊出版了！」級任老師點點頭說道。

「老師，辛苦了！」明月很捨不得級任老師這麼辛苦。

「哪有辛苦啊？是我真的對出版也很有興趣，假如妳的書順利出版，老師也會想來寫本書，看出版社有沒有興趣呢？」老師笑著說。

「我爸爸、媽媽都覺得老師做到這樣，我們實在是很慚愧！」明月不好意思的說道。

「有什麼好慚愧的？」

「爸爸、媽媽說這原本是我們自己該做的事，結果都是老師在出力，我們真的覺得很……」

「別這麼說，都是我自己甘願做的，沒有人逼我，而且學校的事、準備升學考試的事，我也都做得好好的，沒有耽誤到、沒有耽誤到……」老師這麼跟明月說。

「我爸爸、媽媽的意思是，他們有在想說乾脆拿退休金出來，幫我出版就好！」明月解釋著爸爸、媽媽的做法。

「之前老師也有這樣的想法，但是愈想愈不對！我們畢竟不是出版的專業，掏錢出來也不見得能夠解決問題，還是需要專業人士的幫助才行啊！」級任老師娓娓道來。

「老師，同學們大部分都在準備升高中的事情，妳就不要太擔心我，要不然別的家長可能會抗議！」明月反而擔心起級任老師來了。

「我有跟校長報告，校長知道老師正在做的事情，明月就不要煩惱，我有進度，一切都在進度上，而且校長也會用他的人脈幫妳注意看看，有沒有適合的出版社可以幫忙的……」級任老師說道。

「倒是妳，對於升高中有什麼打算呢？」老師問起明月。

「我的成績一直是中等，我想讀家附近的普通高中，不會想要特別去擠明星高中……」明月說明著。

「也對，妳給我的感覺也是這樣，其實這反而好，比較沒有壓力，還可以多從事自己的興趣。」老師笑著說道。

「也有取得爸爸、媽媽的瞭解，他們非常贊成我的想法，不會給我壓力！」明月這麼說著。

「明月，妳有沒有覺得？只要妳的心打開了，好像機會就會源源不絕的打開，路會走出來！妳看妳現在，有自己喜歡的興趣和志業，家人和周圍的老師、朋友都能夠支持妳，反而看起來，妳比其他的同學幸運很多，不是嗎？」老師跟明月聊了起來，明月則是不住的點頭。

「所以老師也不用太急，我們可以保持觀察，一切都往好的方面走，我們一定可以找到適合的出版社！」明月堅定的說道。

「是啊！」級任老師這麼說，但是自己的心裡有點心虛，她鼓勵明月歸鼓勵，但是一再的不順利，讓她也有點心灰意冷起來。

13 再投稿

級任老師把明月的《蝴蝶與小花》投到許多的出版社，結果陸陸續續開始收到退稿。

「這年頭沒有什麼人會讀武俠小說，奇幻的部分再加強一點，我們可能比較有興趣，現在奇幻小說比較好賣。」很多出版社接到級任老師的詢問電話時，紛紛這麼表示。

「老師、明月，要不要把明月的小說就掛在網路上讓其他人讀！」徐煜翔提出這樣的建議。

「可是，網路上讓人家免費讀，明月花了這麼大的力氣，結果一點收穫也沒有，這樣不是讓人很喪氣嗎？」級任老師說出這樣的看法。

「其實不會耶！我姊姊說，她之前很喜歡一本小說，那本書的作者就是把他的所有小說先貼在部落格讓人家免費看，後來有出版社把他的作品出成書時，她還是去買了！畢竟是個紀念，而且她真的很喜歡那本作品。」徐煜翔轉述姊姊跟他說的意見。

「這樣好像在做善事一樣！」級任老師笑著說道。

「我沒有關係，只要能夠讓讀者看到我想寫的東西，我很樂意那樣做，只是我不太熟悉貼部落格……」明月同意徐煜翔的建議。

「我可以幫妳，這我會。」徐煜翔點點頭說。

於是《蝴蝶與小花》開始在部落格連載了。

明月的同學畢竟還是國中學生，即使偶爾有些「壞心眼」，但還都是孩子……美美還沒有發現明月把她寫在書裡面，她也很熱心的提供建議：「要不要把書的內容，在部落格連載的同時，順便放到PTT的小說版？我之前聽人家說，很多人會跑到小說版找新人寫的小說來看。」

「謝謝美美……」明月很高興美美還會對她表示善意，而且美美也沒有必要跟她說些表面話，她很高興當天拉著徐煜翔，彼此沒有撕破臉，大家還可以當同學。

倒是徐煜翔有點擔心的問道：「美美沒有發現她被寫到書裡面吧！知道的話一定會氣死，然後又去跟別人說妳的不是！」

「還好啦！我是個好作家囉！我都把人的各個部分的個性拆到不同的人物身上，應該不會被發現。」明月笑著說。

「但是美美的建議是真的很好，我來想辦法幫妳把《蝴蝶與小花》貼在PTT版上面。」徐煜翔積極的行動著。

結果貼上去沒多久，有一天徐煜翔興奮的跑來學校找老師和明月：「有好消息了！好消息喔！」

「怎麼了嗎？」級任老師問著徐煜翔。

「有個人在我PTT的帳號留言，想跟我們談一談，看能不能出版這本小說。」徐煜翔氣喘如牛的說道。

「真的嗎？那真是太好了！」明月也開心不已。

級任老師和那位徐先生約在學校附近的一家咖啡店談事情，徐煜翔、明月和小米就躲在窗戶附近看。

「徐先生，你看起來很年輕啊！」級任老師看到徐先生時感到非常驚訝，她沒有想到一個出版人竟然是這麼的年輕。

「老師，妳好！謝謝妳願意出來跟我碰個面，這是我的榮幸。」徐先生客氣的說道。

「沒有，是我要謝謝你喜歡我們明月的作品。」級任老師也覺得非常榮幸。

「我自己在出版社工作一陣子了，存了一點錢，很想開間出版社，正在蒐集作品，前幾天在PTT上看到這本《蝴蝶與小花》，我真的很喜歡這本書，想要好好的大做這本書，希望你們能夠授權給我，讓我的出版社來出版。」徐先生非常有誠意的這麼說。

在窗戶外面的明月、徐煜翔和小米聽到這樣的話，都非常興奮，小米小小聲的說：「明月，終於有出版社賞識妳了，妳要當大作家了！」

「明月，書出來了，要請客喔！我們都很努力幫妳推書呢！」徐煜翔也非常興奮的說。

明月點了點頭，繼續認真的聽咖啡店裡面說些什麼。

「也就是說，你現在還沒有一間正式的出版社嗎？」級任老師有點驚訝的反問徐先生。

「是的！我還在籌備期間，只是我很想做一間不太一樣的出版社，所以想要先蒐集書單。」徐先生解釋著。

「怎麼會看上明月這本小說呢？不瞞您說，我曾經把明月的小說投稿到各大出版社，他們都不願意出版……」級任老師也很老實的說明整個經過。

「我完全可以理解他們為什麼不願意出版，就出版成本的考量，一般出版社都不會出的，這也是我想自己出來開出版社的原因……」徐先生跟級任老師說起自己離開原來出版社的原因。

「我也是在原本的出版社，很希望出某些書，但是每次開會都被業務主管狂批，說不會賺錢。但是出版社畢竟和別的行業不太一樣，我希望能夠提供一點不一樣的選擇，但是屢屢被公司打回票，也就心灰意冷，想說存了一筆錢，自己出來開間出版社找自己喜歡的書出版好了。」

「不好意思喔！我也聯絡了一些出版社，大概知道一點出版成本的概念，我知道出版明月的《蝴蝶與小花》真的要花上不少錢，光是印刷成本就是不小的錢，你這樣一個年輕人，我真的很擔心把書給你，萬一賣得不好，豈不是害到你了嗎？」級任老師好心的解釋著。

「老師不用替我擔心，了不起做倒了再回去找間出版社上班就好，沒關係的！

要趁年輕的時候實現自己的理想才是。」徐先生一點都不害怕的說道。

級任老師把對方的名片留著，答應他要考慮、考慮，就回學校去了。

「老師，妳覺得怎麼樣？」徐煜翔急著問級任老師的意見。

「反正我們就是要等了！再等一下也可以，不用那麼急著決定！」級任老師這麼說道。

「對啊！而且現在《蝴蝶與小花》都掛在網路上了，說不定有其他更好的出版社看到明月的小說，就會來找我們的啊！」小米興奮的說道。

「我們？講得一副好像是妳寫的一樣！」徐煜翔虧了一下小米。

「欸！我可是掛在書名上面的那隻蝴蝶，第一女主角喔！你要對我客氣一點！」小米說得理所當然，好像這本書就是她的一樣。

「我也是第一男主角，妳有什麼了不起的啊？」徐煜翔也很驕傲的回答道。

「很謝謝大家把《蝴蝶與小花》當成自己人一樣，都很重要、都很重要啦……」明月看到這兩個主角劍拔弩張的樣子，趕快出來打圓場。

「明月，妳自己覺得呢？畢竟是妳自己寫的書，妳想把書給徐先生讓他幫妳出版嗎？」級任老師這麼問道。

「我覺得徐先生人很誠懇，如果他想出版我的書，我是願意的。」明月點了點頭。

「老師是覺得可以再等等，妳看這樣好嗎？」級任老師還是有點不放心，老覺得徐先生看起來還是個毛頭孩子，這樣怕明月的書會吃虧，建議是再擱一下。

結果明月的書在部落格和PTT上的反應都很好，開始陸陸續續有大間的出版社跟級任老師聯絡了。

「來頭都不小，出版品牌都很大，看來好像等對了！」級任老師開心的這麼說道。

「可是第一個來的徐先生，人感覺很好，他好像真的很喜歡《蝴蝶與小花》，也很有心要出版這本書。」明月在心裡這麼想著，也跟老師和其他同學說了自己的看法。

「出版要做得好，還是要到大的出版社啦！他們會下行銷預算，就像賣飲料，也要做很多廣告人家才知道啊！」

「那個徐先生看起來就沒有什麼錢，他不會幫妳做廣告的啦！」

徐煜翔和小米都這樣跟明月說，級任老師也同意他們兩個的看法：「這年頭行銷還是重要的啊！」

不過，明月在心裡老是會想到徐先生，總覺得其他出版社給她一種不安心的感覺。

由於來了幾間出版社，級任老師現在也「跩」了，開始要出版社提行銷企劃案，讓她知道出版社要怎麼做這本書，她才決定要把書交給哪家出版社出版，但是她在這一波提企劃案的過程中，完全沒有想到徐先生。

「這些人有眼不識泰山，現在換我當王了吧！哈哈哈……」級任老師開心得不得了。

出版社後來都有跟明月稍稍接觸過，他們提過來的行銷企劃案，不約而同的想把焦點放在明月的身上。

「她的故事也很勵志，這樣一定會很快讓媒體注意，當然也會注意到《蝴蝶與小花》這本書。」

「對啊！看到她的臉，大家一定覺得很奇特，相信會很想知道她寫了些什麼？」

「我們一定把明月做成全台灣最有氣質的少女，相信一定會讓很多人喜歡上她，當成出版偶像……」

出版社提來的條件大都是如此，行銷預算也都報得很高，級任老師的得意全寫在臉上。

「我現在要當星師了啊！」老師笑著說。

「可是……」明月有點囁嚅著說道。

「怎麼了嗎？」級任老師看到明月欲言又止的模樣，也擔心了起來。

「我不喜歡這樣子。」明月解釋著。

「什麼這樣子？」老師有點不明白的反問。

「我不喜歡被人家注意……」明月低著頭說。

「可是妳的書要出版，妳就一定會被人家注意到的啊！」級任老師笑著說，她覺得明月的問題很有趣。

「還是可以只把注意力放在我的書上，不一定要放在我身上啊！」明月有點不理解的回答。

小米看到明月這個樣子，她也跳出來說：「是啊！為什麼出版社一定要把明月做成阿醜變身的樣子，我也很討厭這樣的操弄！」

明月點點頭，同意小米的說法。

「而且每間大出版社都這樣，都沒有提出其他比較新穎的做法，我也覺得很失望。」徐煜翔也發表了看法。

「可能他們比較懂市場，知道這樣做最快吧！」級任老師不以為意的說。

「我不要貪快，只希望誠懇的把一本書介紹給大家。」明月嘟著嘴說。

「可是人家也不是要做善事，他們也要賺錢，那樣的做法也沒有什麼不對的啊！又不是做壞事！」級任老師有點不太明白明月在彆扭什麼。

「我不喜歡這樣，我覺得有點……」明月也很難說明清楚自己的感覺，反正就是覺得有點怪怪的。

「妳是希望給徐先生出版嗎？」級任老師反問起明月。

「老師，妳沒有生氣吧！妳不會這麼容易就生氣了吧！」徐煜翔看到老師的模樣，忍不住問起老師來。

「沒有生氣啦！只是有點急、覺得有點可惜，大出版社都找上門了，結果回頭去找一個出版社都還沒成立的小鬼，覺得有點替明月不值，她值得更好的出版社來幫忙她的。」級任老師嘆息著說道。

「老師，妳不是一直教我們不要太現實嗎？只看銷售量，這樣會不會有點現實啊？」小米好奇的問著老師。

「這……」級任老師也被問到啞口無言。

「是啊！反正明月也不是為了賺大錢才寫這本書的，適合的出版社比較重要吧！」徐煜翔這回可附和了小米的說法。

「有共識喔！」小米和徐煜翔互相擊掌表示贊同。

「你們都沒有出過社會，不知道社會就是這個樣子，既然要出版就要做大，總不能出了一本書都沒有人知道做出來了吧！」級任老師開始覺得自己的學生有點「不食人間煙火」。

「老師，妳就再把徐先生找來，跟他談一談，我們再跑到窗戶旁邊偷聽，或許比較能夠做出正確的判斷。」徐煜翔建議著級任老師。

「好吧！這樣或許比較好，老師不是要強迫明月接受我的意見，畢竟那是明月自己的書，不是我的書，老師還是會尊重明月的意思啦！」老師再三的強調這點，明月也明白的點點頭。

就在級任老師還沒有打電話找徐先生之前，徐先生就打了電話過來，主動表示要跟級任老師再談談。

「老師，我是真的很有誠意想要出版《蝴蝶與小花》……」徐先生再三強調這點，並且拿出一個企劃案來。

「這是什麼？」級任老師好奇的問道。

躲在窗戶旁邊的明月、徐煜翔和小米也想盡辦法想要看到那本東西。

「這是我回去寫的企劃案，想要跟老師說明我要如何做《蝴蝶與小花》這本書。」徐先生解釋道。

「我是真的很喜歡明月同學的這本小說，我要怎麼行銷這本書的方式，全都寫在這裡，老師可以帶回去看，看過之後我們再約時間討論，有不夠詳細的地方，我都可以再說明清楚。」徐先生這麼說。

「也好，因為畢竟不是我的書，是明月的小說，我只是幫忙出面，還是應該要尊重原作者的意見。」級任老師點點頭。

在窗戶外面的三個同學，也都非常想要快點看到徐先生的企劃案裡頭到底寫了些什麼。

14

踢爆

正在籌措新出版社的徐先生，從級任老師那邊得知明月的狀況，他雖然知道明月的臉有塊非常大的胎記，他卻沒有打算在行銷上大加著墨，只想好好的介紹一本好書《蝴蝶與小花》讓讀者們知道。

「整個的行銷企劃案都是放在網路上面，透過一些社群還有facebook來發動讀者，這樣真的行嗎？」級任老師擔心的問著明月、徐煜翔和小米。

「老師妳老了喔！」徐煜翔嘲笑著級任老師。

「你是不怕死喔！」小米狠狠的打了一下徐煜翔，要他說話小心一點。

「書裡頭的蝴蝶，都是武俠小說的主角了，也沒有像妳這樣老是打人啊！」徐煜翔哇哇喊痛，抱怨著小米。

「我有說錯嗎？」老師滿臉茫然。

「老師妳忘記了嗎？現在有這麼多的出版社來找妳談，就是因為《蝴蝶與小花》掛在網路上，他們才看到的啊！」徐煜翔提醒著老師。

「可是他們畢竟是業界的人，消息當然比較靈通，但是一般的讀者會這樣嗎？」老師狐疑的問道。

「那些出版社並不是笨蛋吧！他們也是看到在網路上有那麼多的人點閱《蝴蝶與小花》，要不然他們哪願意栽培這本書呢？之前找他們談，他們也都不理我們，不是嗎？」小米笑著說。

「也是有道理啦……」級任老師嘆了一口氣，感覺陷入長考。

「老師，我們還是讓徐先生出版好了！」明月是這麼跟老師說的。

「妳真的這樣覺得嗎？」級任老師問著明月。

「是啊！因為別家出版社的重點都擺在我這個人，只有徐先生放在我的書上，這樣我比較安心。」明月解釋給老師聽。

「也有可能徐先生沒有什麼資源，他只好把重心放在網路、放在作品上，他並沒有能力捧紅妳這個人啊！」老師提出不一樣的看法。

「沒關係，我沒有想紅，只要我的書能夠好好的介紹給別人，我就很高興了。」明月淡淡的說著。

「不會後悔嗎？」級任老師還是不放棄的問著。

「不會啦！我沒有很大的功成名就的期待，也沒有什麼好後悔的事情啊！」明月笑著說道。

就這樣，明月的《蝴蝶與小花》正式授權給徐先生的出版社出版。

「明月，謝謝妳，願意把妳的書給我出版。」徐先生感激涕零的說道。

由於已經是要正式簽約了，級任老師這次跟徐先生碰面，也把三個學生一起帶到咖啡廳。

「徐先生，妳一定要好好的幫我們明月做書，妳知道可是有很多大出版社來找我們，是明月自己決定要給你出版的，本來我還覺得這樣有點可惜……」級任老師毫不避諱的說。

「謝謝，謝謝……」徐先生不斷的感謝著。

「要好好幫我們出版喔！」連小米也插上一腳。

「妳在囉唆什麼啊？這裡有我們兩個說話的餘地嗎？」徐煜翔「嫌棄」小米的多嘴。

「這兩位是……」徐先生也不明白小米和徐煜翔為什麼會來？也不明白他們兩個為什麼這麼關心《蝴蝶與小花》？

「我是第一女主角，他是男主角啦！明月用我們兩個做範本，才寫出《蝴蝶與小花》的。」小米得意洋洋的說道。

「原來是這樣啊！」徐先生恍然大悟。

「明月是因為你把重心放在書，而不是放在她身上，她還是個國中生，希望能夠過平靜的生活，不要被打擾！」徐煜翔說著明月的心思，明月也在一旁點點頭稱是。

「一定的，我不喜歡太灑狗血的做書方式，希望能夠讓書自己去說話，這是我比較喜歡的行銷方式。」徐先生解釋著。

「我也喜歡這樣。」明月點點頭。

結果徐先生真的非常用心，以最快的方式成立出版社，把《蝴蝶與小花》出版了，而這本書也意外的大賣，登上各家書店的排行榜第一名。

「天啊！我們班竟然有個暢銷書作家了！我真的好像做夢一樣。」級任老師在辦公室裡頭叫囂著。

「是啊！妳的學生真的好爭氣喔！」

「我就從來沒有教出這樣的學生。」

辦公室裡頭一片討論聲，其實大家都與有榮焉。

但是另外一方面，由於書實在是賣得太好了，到處開始有耳語，關於作者到底是個什麼樣的人，引起各方的好奇。

當初在出版這本書時，明月是以小米為女主角的範本，於是她就用「小米」這個名字當筆名。

明月問過小米的意思，「好啊！沒問題的！」小米也非常爽快的就答應了下來，一點猶豫都沒有。

「現在大家到處都在找作者小米呢！」小米同學非常得意的跟同學們說道。

「又不是妳寫的，妳在高興什麼啊？」

「對啊！好臭美喔！」

「我有貢獻我的個性，還貢獻了名字，我當然高興啦！」小米同學還是洋洋得意的模樣。

「人家會不會找上妳，以為妳真的是作者！」別的同學促狹的說道。

的說道。

「找就找啊！我就說不是就好了，也沒有什麼大不了的。」小米同學不以為然

作家小米，也就是明月則是憂心忡忡的說：「會不會有那種無聊的媒體，跑來找到我吧！」

「沒關係，如果真有那麼一天，我就站出去說，小米就是我！也可以說得理直氣壯的，我並沒有說謊喔！」小米同學笑著說。

「如果真的是這樣，我就要去網路上爆料，說小米同學亂講！」美美在那裡酸酸的說著。

「妳吃什麼醋啊！我知道妳一直很想紅，是不是啊？」小米同學揶揄著美美，因為美美常常把頭髮吹得很漂亮，深怕哪天有台攝影機站在她的面前，結果她的樣子很遜。

「是啊！因為我媽媽說，女生長得漂亮才是最實際的。」美美毫不猶豫的就把媽媽的話給搬出來。

「才不會呢！我媽媽說每個人都不一樣，妳看明月也走出不一樣的道路，每個人真的都是不一樣的，不能套一樣的樣板！」小米同學還從鼻子裡頭發出一聲「哼」的聲音。

美美聽到這裡也就不講話了。

網路上有人發出「人肉搜尋」，開始尋找「作家小米」，結果真的有人把「小米同學」的照片給貼了上去。

「小米同學，怎麼辦，現在在網站上到處都貼了妳的照片，怎麼會這樣啊？」徐煜翔有點緊張的問著小米同學。

「我有去找，那個貼上我照片的人是我的小學同學，我跟她並不熟，為什麼要把我小時候的照片貼上去呢？」小米同學也在抱怨。

「原來妳以前是個爆炸頭啊！」美美哈哈大笑了起來，小米同學對她講話總是很衝，她非常高興有個機會可以揶揄小米同學一下。

「這下妳高興了吧！」小米同學自己也很不滿意那張爆炸頭的照片，她只好任由美美這樣講囉。

「會不會發生什麼事情啊？」明月有點擔心了起來。

「能有什麼事情好擔心啊？」小米同學自己倒是一點也不擔心。

可是事情並不像小米同學想的那樣……

可能是《蝴蝶與小花》賣得太好了，人的心理有時候很奇怪，大家看到「作家小米」被貼出來的照片，看起來還是個「臭小孩」，這麼年輕就名利雙收，不少人的心中會不是滋味。

於是關於「作家小米」的負面訊息，開始在網路上流竄著……

有人說「作家小米」是個女的同性戀，還有人說「作家小米」有暴力傾向，甚至還有傳言「作家小米」已經死了。

「太扯了吧！把我寫到死掉！」小米同學抱怨連連。

「小米同學，我應該把版稅分給妳才是，讓妳受到這麼多的困擾！」明月不好意思的說著。

「妳是第一天認識我喔？我這個人最講義氣了！我就像妳書中寫的一樣是個俠女！」小米同學還是非常「挺」明月，表現出毫無所謂的模樣。

可是小米同學的爸爸、媽媽對於這些事情，非常的不能接受。

「我們也不是小氣的人，但是我們家的小米什麼事都沒做，結果就要招來這樣的汙衊，她以後還要不要做人啊？」小米爸爸非常生氣的跑來學校找老師。

「真的是不好意思……」級任老師連忙賠著不是。

「我們不是不講理的人，只是小米真的不是作者，版稅並不是進我們口袋，無端惹出這種是非，真的是沒有必要！」小米媽媽也這麼說道。

「爸爸、媽媽你們不要這樣，好不好？」小米同學滿臉不耐煩的模樣，在教師休息室裡頭跟爸爸、媽媽理論著。

「什麼叫做不要這樣，真的是造成我們的麻煩了啊！」小米爸爸看到女兒這樣，心裡是更加氣憤。

「他們沒有去扯出明月，我是滿高興的，只要把明月揪出來，又會拿她的臉做文章，那一定更毒了……」小米同學嘟著嘴說道。

「妳要當好人，也要量力而為，現在的情況愈搞愈大，或許不是妳一個國中生可以承擔的，妳不要跟書裡一樣在那逞英雄，好好讀書、準備考試才是正道！」連平常很支持小米同學的小米媽媽這次也和爸爸站在同一陣線。

「老師，妳不只是明月一個人的老師，妳是全班的老師，我覺得妳太把注意力放在明月的身上，這對其他同學來說是不公平的。」小米爸爸嚴正的跟級任老師這樣表示。

「我會注意、也會檢討的。」級任老師面有憾色的說道。

「大家本來就是要對明月好一點，你們不知道她以前在學校被整得多慘，你們兩個不是教我做人要多照顧別人嗎？」小米同學有點揶揄著爸爸、媽媽是做一套、說一套。

「妳這個人，我們要教妳的是，做人要量力而為，也要照顧自己一下。」小米媽媽有點苦笑著說。

小米爸爸、媽媽後來抱怨完了，就在級任老師的對不起聲中回家了。

而整件事並沒有因為小米爸爸、媽媽回家而結束，反而有愈演愈烈的情況。

隔了沒幾天，級任老師拿著一個牛皮紙袋進了教室，她的臉色看起來真的有夠難看的了！

「老師，那是什麼啊？」有同學主動問起老師。

「唉！我收到一個雜誌寄來的東西。」級任老師嘆了好大的一口氣。

「怎麼了嗎？」小米同學看著老師的樣子，她開始覺得不太對勁。

「有一家八卦週刊，把他們拍到的東西寄來學校，說他們要出版的週刊，封面故事就是明月！先把內容寄來告知我們。」級任老師這麼說道。

「我！」明月有點害怕的叫了起來。

「是！他們拍到妳了！而且會在封面故事上踢爆妳就是作家小米！」級任老師緩緩的說著。

「為什麼要這樣？」明月不明白的問著。

「這個世界就是有很多我們不明白的事情啊！」級任老師撇撇嘴，有點難過的這樣說。

「我只想當個安安靜靜、好好寫書的作家和學生都不行嗎？」明月不明白的在位子上自言自語起來。

「老師，妳有去問出版社的徐先生嗎？」徐煜翔問起老師。

「有，問過，本來想說少兒法應該有規定不能這麼做，但是有關這方面的條文在立法院還沒有通過，這家週刊這麼做，是有點走在法律的模糊地帶，並不會有實際法律上的罰則！所以他們也不怕！」老師苦笑的說著。

「真的是有夠……」徐煜翔的嘴型像是要說出一句髒話一樣，但是話到嘴邊就沒有說出來。

「而且到時候只要一上那個週刊，就會有很多媒體來我們學校，要把明月給找出來說話。」小米同學有點擔心的說著。

「這些媒體也真的很沒用，難道那家週刊是他們的老闆嗎？週刊登什麼，他們就跟著追什麼嗎？」徐煜翔義憤填膺的抱怨道。

「可是這就是實際的狀況，也的確是明月要面對的！」級任老師點出這個必須面對的問題。

「明月最近乾脆不要來上學好了。」美美這時候的表情也是憂心的模樣，她覺得明月乾脆待在家裡算了。

「明月就算在家，他們也會去她家堵她的，根本是一樣的結果。」級任老師嘆了好大的一口氣說。

「那要怎麼辦呢？」

「週刊後天就會登出了！」

「明月，妳要撐住啊！」

同學們紛紛鼓勵著明月，但是明月想到最害怕的事情就要發生，整個人都不自主的發起抖來。

15
錯誤的美麗

到了週刊要出的那個星期三早上，一大早大概還是六點多的時候，明月就到學校去了。

「妳真的要去學校嗎？我們也可以躲到親戚家裡啊！」明月的爸爸、媽媽是這麼跟明月說。

「爸爸、媽媽，我們已經討論過了，該來的就是要來！」明月苦澀的說道，心裡非常委屈。

「要不要爸爸、媽媽陪妳去學校？」媽媽還是不放心的問著。

「沒關係，我只是想比媒體先到學校，再把我想說的事情順過一遍，我很好的，爸爸、媽媽不要擔心。」明月試圖安撫爸爸、媽媽的心。

「好吧……」爸爸、媽媽也就跟明月道別，讓她一個人到學校去。

經過超商時，明月還到結帳的櫃台，看到當期的雜誌真的是以自己為封面，明月順手翻了翻內容，店員看了她一會兒，就指著她說：「妳……妳……妳不就是這個……」

明月沒有等到店員說完，她就冷冷的走出超商往學校走去。

到了教室，班上還沒有任何同學前來，明月忍不住在教室裡頭大喊了起來：「為什麼……」

明月的心裡不是沒有不平，可是此時此刻，理智上她覺得自己該去面對，但在情感上，她有種很深的難受。

「難道我沒有不面對社會的自由嗎？」明月在心裡這麼狂喊著。

「我不好的時候，這些媒體也沒有陪在我身邊鼓勵我！我的書也不是靠他們報導才賣好的，憑什麼他們這個時候又要來，拿著我的臉做文章，就只是為了他們的收視率和銷售量！」明月的心有種很深酸楚。

「這個社會真的很嗜血！」明月的臉上掛滿一絲絲的冷笑。

就在明月這樣想的時候，教室裡頭陸續來了另外兩個人……小米同學和徐煜翔。

「你們怎麼也這麼早就來了！」明月問起來。

「想說妳會很早就來，想陪陪妳！」小米同學說道。

「等等妳就要上戰場了……」徐煜翔苦笑著說。

「說得一副我好像要去送死一樣。」明月也不禁苦笑了起來。

「我剛剛有在超商翻了一下雜誌！」小米同學這麼說時，徐煜翔也表示他做了一樣的動作。

「我也看了！」明月點點頭表示她也看了。

「都放在妳的臉大做文章。」小米同學搖搖頭說。

「是啊！就是這樣！跟以前別的同學對我一樣。」明月這個時候突然悲從中來，開始啜泣了起來。

「哭吧！如果妳覺得好過一點。」徐煜翔有點不捨的說道。

「覺得我好像逃脫不了這個命運，我再努力，別人還是會拿我的臉大做文章。」明月不甘心的說著。

「是啊！連我看了都替妳覺得不平，這家爛週刊，就不會說妳寫了十五萬字，稱讚妳一下嗎？」小米同學說著說著火氣也上來了。

「那家週刊不是靠稱讚人家賺錢的！他們是靠爆料賺錢的！」徐煜翔沒好氣的

說道。

「妳要怎麼辦？等等出去面對其他媒體嗎？」小米同學問著明月。她還問明月要不要她陪她去。

「昨天我跟爸爸、媽媽討論過，我是要出去，可是現在卻開始害怕了起來！」明月的眼淚又開始掉了下來。

「妳沒有錯啊！」小米同學的義氣這時候又跑了出來，她突發奇想建議：「要不要我出去，跟別人說我就是作者，雜誌登錯了！」

「別啦！只是把新聞鬧得更大而已，每天爆一個新的料！」徐煜翔覺得這不是個好主意。

明月收起眼淚，這才緩緩的說：「其實我是應該感謝我這張臉的，要不是這張臉，我不會那麼快就寫出這本書。」

「是啊！我們都知道妳的過程。」小米同學拍拍明月的背、鼓勵著她。

「其實這個胎記對我不是詛咒，而是祝福，我自己是知道的。」明月把眼淚擦乾了這麼說。

「是妳自己把詛咒變成祝福的，妳說圖書館阿姨有講過，這叫做轉化，我們可以把負面的東西放上正面的框架……」徐煜翔重複著明月以前說過的話語。

「是啊！謝謝你這個朋友提醒我，朋友真的是有用，把以前我們自己說過的話再說一次讓我聽到……」明月這時反而破涕為笑了。

「可是還是有點不甘心啊……」明月又補上了一句。

「怎麼說？」徐煜翔皺著眉頭問道。

「為什麼站在外面的那群人，他們根本不關心我，我卻要把我的真心攤給他們看，為什麼要這樣？」明月說到這裡，那種被欺負的情緒又上來了。

「是啊！根本只顧著他們自己的好處，也不怕在別人的傷口上撒鹽！」小米同學搖搖頭說道。

「重要的是，妳……莊明月這個人要活成什麼樣比較重要吧！」徐煜翔這個早上感覺特別的理智。

「我知道，這些我都知道，在我的書裡也都寫到，可是……我現在就是很生氣，會做不到。」明月有點惱火的說著。

這個時候，第四個人走進了教室……是級任老師。

「都在啊！你們想的肯定是跟我一樣吧！」級任老師幽幽的說著，而且她說走進學校門口時，已經看到有SNG車停在那裡了。

「連SNG車都出動了！真的是有夠扯的！」徐煜翔忍不住也罵了起來。

「我們都還是國中生，就要這樣對待我們。」小米同學不解的說道。

「要不要來沙盤推演一下，等等明月走出去要說些什麼？」級任老師問同學們。

「好啊！」明月有氣無力的說著。

班上同學也陸陸續續的走進教室。

「明月，外面已經有很多媒體了！」

「我剛剛走進學校，還有記者問我認不認識妳？」

「我是用跑步的方式衝進學校的，免得被媒體抓到……」

同學們紛紛跟明月說起門口的媒體，好像那些都是洪水猛獸一樣。

「剛剛我也碰到校長，他說如果妳決定要去門口面對媒體說清楚，他可以陪妳一塊走出去。」級任老師補充說明著。

「明月……我可以說句話嗎？」美美同學有點不好意思的舉起手來。

「請說！」明月跟美美點點頭。

「我這次不是做樣子給老師看的喔！是昨天跟我媽媽討論的內容，以前我媽媽都說女生漂亮才是最實際的，其他都是假的。但是昨天連我媽都說妳真的很棒！這麼能幹，還可以寫出這樣一本小說，我媽說她這輩子寫的字加起來可能都沒有十五萬字……」美美一口氣的把話說完，同學們聽到這裡都笑了起來，氣氛也因此緩和了不少。

美美繼續不好意思的說：「我要說的不是這個……」

「那妳要說的是什麼？」小米笑著問美美，她又開始揶揄其實美美比較想代替明月站到學校門口去。

「我要說的是，連我媽媽那麼固執的人都可以改變想法，我們也因為妳的誠懇，讓我們對妳改變想法，所以……」美美有點不知道該怎麼說的樣子。

「所以……妳的意思是說，明月如果可以改變班上同學、家長的想法，相信她

也能夠改變社會對相貌的迷思嗎？」級任老師接著美美的話說了出來。

「是的、是的、是的，我要說的就是這個意思。」美美興奮的說道。

「妳看，愛漂亮不讀書吧！連想要表達的意思都說不出來！」小米同學嘲笑著美美，不過她也肯定了美美想要表達的意思。

「嗯……」明月感動的點了點頭。她突然感覺到，這一路上，她的確是慢慢把大家的訕笑變成善意，而這些都需要過程，或許對外面的那群人而言，她也必須走過這段路程。

想通了這些，在同學們的加油聲中，明月往校門口走去，校長和級任老師都在她的身後，還沒到校門口時，鎂光燈就閃個不停，亮到讓人無法張眼的地步……

明月此時對著那一大片的亮光走了過去，顯得她臉上的胎記更黑了，可是在她的心裡，她知道……

她可以把前面的路，走得更為光明，就像她以前曾經走過的一樣。

勵志學堂：13

我叫阿醜

作　者◇藍紹庭
出版者◇培育文化事業有限公司
執行編輯◇王文馨
社　址◇221 台北縣汐止市大同路三段一九四號九樓之一
TEL（〇二）八六四七—三六六三
FAX（〇二）八六四七—三六六〇
總經銷◇永續圖書有限公司
劃撥帳號◇18669219
地　址◇221 台北縣汐止市大同路三段一九四號九樓之一
TEL（〇二）八六四七—三六六三
FAX（〇二）八六四七—三六六〇
E-mail　yungjiuh@ms45.hinet.net
網址　www.foreverbooks.com.tw
法律顧問◇中天國際法事務所　涂成樞律師　周金成律師
出版日◇二〇一一年一月

我叫阿醜/ 藍紹庭著. -- 初版. --
臺北縣汐止市；培育文化，民100.01
面：　　公分. --（勵志學堂：13）
ISBN　978-986-6439-45-2（平裝）

859.6　　99022073

培育文化讀者回函卡

謝謝您購買這本書。
為加強對讀者的服務，請您詳細填寫本卡，寄回培育文化，您即可收到出版訊息。

書　　名：我叫阿醜
購買書店：＿＿＿＿市／縣＿＿＿＿書店
姓　　名：＿＿＿＿
身分證字號：＿＿＿＿
電　　話：(私)＿＿＿＿(公)＿＿＿＿(傳真)＿＿＿＿
地　　址：□□□＿＿＿＿
E - mail ：＿＿＿＿
年　　齡：□ 20 歲以下　□ 21 歲～30 歲　□ 31 歲～40 歲
□ 41 歲～50 歲　□ 51 歲以上
性　　別：□ 男　□ 女　婚姻：□ 已婚　□ 單身
生　　日：＿＿年＿＿月＿＿日
職　　業：□①學生　□②大眾傳播　□③自由業　□④資訊業
□⑤金融業　□⑥銷售業　□⑦服務業　□⑧教
□⑨軍警　□⑩製造業　□⑪公　□⑫其他
教育程度：□①國中以下（含國中）　□②高中　□③大專
□④研究所以上
職 位 別：□①在學中　□②負責人　□③高階主管　□④中級主管
□⑤一般職員　□⑥專業人員
職 務 別：□①學生　□②管理　□③行銷　□④創意
□⑤人事、行政　□⑥財務、法務　□⑦生產　□⑧工程

您從何得知本書消息？
□①逛書店　□②報紙廣告　□③親友介紹
□④出版書訊　□⑤廣告信函　□⑥廣播節目
□⑦電視節目　□⑧銷售人員推薦
□⑨其他

您通常以何種方式購書？
□①逛書店　□②劃撥郵購　□③電話訂購　□④傳真訂購
□⑤團體訂購　□⑥信用卡　□⑦DM　□⑧其他

看完本書後，您喜歡本書的理由？
□內容符合期待　□文筆流暢　□具實用性　□插圖
□版面、字體安排適當　□內容充實
□其他

看完本書後，您不喜歡本書的理由？
□內容符合期待　□文筆欠佳　□內容平平
□版面、圖片、字體不適合閱讀　□觀念保守
□其他＿＿＿＿

您的建議
＿＿＿＿
＿＿＿＿

剪下後請寄回「221台北縣汐止市大同路3段194號9樓之1培育文化收」

請用膠帶黏貼

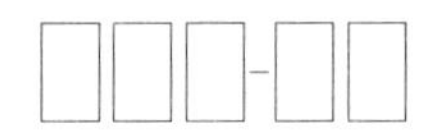

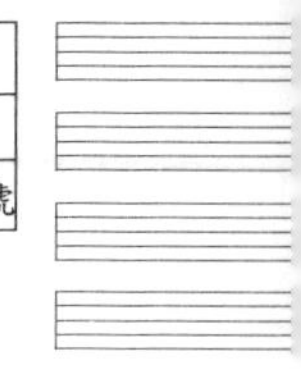

廣告回信
基隆郵局登記證
基隆廣字第200132號

2 2 1-0 3

台北縣汐止市大同路三段194號9樓之1

培育文化事業有限公司

編輯部　收

請沿此虛線對折免貼郵票，以膠帶黏貼後寄回，謝謝！

為你開啟知識之殿堂